LES OCCASIONS MANQUÉES

Lucy Fricke

LES OCCASIONS MANQUÉES

Traduit de l'allemand
par Isabelle Liber

Le Quartanier

Les paroles de la chanson *L'italiano*
sont de Cristiano Minellono.

TITRE ORIGINAL
Töchter

ÉDITEUR ORIGINAL

ISBN 978-2-7578-9533-7

L'œil de Dieu

Déjà trois jours que j'étais coincée ici. La nuit, les rats passaient en trombe dans les ruelles ; le jour, les touristes s'entassaient devant la fontaine de Trevi. Des gardes armés de mitraillettes surveillaient l'entrée des musées ; les stations de métro, trop sombres pour qu'on voie leur crasse, puaient, et pour le Vatican, il aurait fallu s'inscrire en ligne.

J'avais pris une chambre au Babylon, un hôtel bas de gamme où ne trimaient que des Coréens. Était-ce parce que Rome ne m'avait jamais attirée ? Le fait est que j'en étais tombée amoureuse sur-le-champ. J'avais toujours nourri une petite admiration pour les lieux et les gens qui pourrissaient dans leur coin avec fierté, si conscients de leur propre beauté que le reste du monde pouvait bien aller se faire voir. Cette ville était une diva minable, cradingue, qui ne gardait propres que ses églises tandis qu'au-dehors, les pigeons couvraient de merde le patrimoine culturel mondial.

Au départ, je pensais juste prendre une correspondance. Aller de l'aéroport à l'autre bout du réseau de métro, à Anagnina, et de là, continuer en car jusqu'à cette petite ville de montagne où se trouvait celui à qui je voulais rendre visite depuis dix ans. Il n'en savait rien et ça ne lui ferait ni chaud ni froid, il était mort depuis longtemps. Mais il fallait bien dire adieu aux morts aussi, surtout aux morts. L'ennui, c'est que j'avais pour cet homme un attachement désastreux, à la limite de l'idolâtrie. Le genre de situation qui pouvait un jour ou l'autre poser problème, comme tout pouvait un jour ou l'autre poser problème, surtout l'amour, surtout les hommes.

Je m'étais donc décidée à me remuer, me disant qu'au bout de dix ans, quand même, on pouvait peut-être songer à se remuer, et maintenant j'étais coincée. Le jour de mon arrivée, j'étais restée plantée à la gare routière, à regarder les gens monter dans ce véhicule qu'ils appelaient *pullman*, un engin apparemment toujours en retard, qui sillonnait les routes depuis des décennies et auquel, en plus des essuie-glaces, il manquait les dernières rangées de sièges. Pourtant, j'avais déjà passé des journées entières à l'arrière d'un pick-up qui me ballottait dans la jungle, j'étais montée dans de petits avions battant sérieusement de l'aile, et j'avais enfourché une moto derrière un pilote sous LSD, qui m'avait regardée longuement dans les yeux pendant le trajet en m'assurant qu'il vivait la meilleure défonce de son existence : la peur ne faisait pas partie de mes plus grandes qualités. Alors pourquoi ne parvenais-je pas à quitter cette ville ? Était-ce de la mollesse, de l'indifférence ou simplement de la lâcheté quand il s'agissait d'accepter la réalité, d'affronter des vérités qui ne me convenaient pas ? La mort de cet homme, par exemple ?

C'était la question que je me posais à présent en regardant la coupole du Panthéon, en regardant le trou, le ciel gris au-dessus de Rome, l'œil de Dieu. À quelques mètres de l'oculus, un ballon rose vif voletait, l'un de ces ballons distribués ces jours-ci devant les boutiques Victoria's Secret de la ville. Sous la coupole du Panthéon, donc, à chaque souffle d'air, cette satanée publicité pour de la lingerie se rapprochait en dansant de la sortie, de la liberté. En dessous, des centaines d'arriérés n'avaient rien de mieux à faire que d'observer le spectacle. Tous les regards étaient rivés sur le ballon rose vif, tous les portables, braqués en mode vidéo, et quand le ballon, enfin, a pris la tangente dans le ciel de Rome, le peuple s'est répandu en applaudissements et en cris de joie, à croire que le messie était apparu.

Mon sac s'est mis à vibrer alors que les haut-parleurs proféraient un sévère « Silence, s'il vous plaît » en quatre langues. J'ai quand même pris l'appel, et à l'autre bout du fil a retenti la voix de Martha.

« Tu es où ? » a-t-elle demandé.

Comme si je devais encore m'en convaincre, j'ai levé les yeux vers la coupole avant de dire : « Au Panthéon, je suis au Panthéon.

– Tu téléphones dans une église ?

– Ce n'est pas une église, c'est l'enfer touristique sur terre. On ne peut pas faire un pas, donc de toute façon, je ne peux pas sortir.

– Essaie quand même, s'il te plaît, a murmuré Martha au creux de mon oreille. J'aimerais bien être seule un moment avec toi, au calme.

– Je suis à Rome, ai-je dit en essayant de me frayer un passage à travers la foule. La solitude n'est pas au programme.

– Mais qu'est-ce que tu fiches à Rome ?

– Rien. Je me suis juste dit qu'il fallait y être allé.

– Tu es vraiment de plus en plus bizarre.

– Au moins, avec l'âge mes crises sont plus cultivées », ai-je répondu.

J'ai dépassé les plus grandes portes que j'ai vues de ma vie, des portes d'au moins six mètres de haut. Et en bronze, s'il vous plaît. Si le Ciel a des portes pareilles, je n'y entrerai jamais.

« Martha, tu es là ? »

La réponse a été un « oui » que je ne lui connaissais pas, un « oui » ténu et alarmant, dans lequel se logeait quelque chose de si funeste que je n'ai pas hésité une seconde. Je n'ai pas posé de question. Avec Martha, nous nous connaissions depuis suffisamment longtemps pour savoir quand l'autre était à deux doigts de s'effondrer. Elle allait se mettre à pleurer au téléphone, ce qui est encore pire que de pleurer seule sur la banquette arrière d'un taxi. Au téléphone, il n'y a personne à prendre dans ses bras, et une voix, ce n'est même pas un petit doigt auquel se rattraper. J'allais rentrer. Tout de suite.

Au moment où j'ai raccroché, un pigeon m'a fait sur la tête. Que ce n'était pas de bon augure, ça, je le savais déjà.

Tout est arrangé

J'avais pris le premier vol, après une nuit si courte qu'elle n'avait pour ainsi dire pas existé, et à présent, lundi matin, neuf heures et demie ou dans ces eaux-là, tirant derrière moi ma valise, je traversais le Warschauer Brücke, le grand pont de Friedrichshain où venait de se terminer la fiesta. Les noctambules gisaient maintenant dans leur lit ou leur vomi, à moins qu'ils ne soient encore à danser dans je ne sais quel club. Mon chemin passait entre des bières éclatées, des cadavres de mousseux, un ampli oublié. Sous les roulettes de ma valise, les tessons crissaient. Mon appartement se trouvait au carrefour suivant, juste à côté de l'énorme chantier du centre commercial. La cage d'escalier sentait le camion de bière renversé, et ce qu'on appelait ici silence était en réalité de la surdité. L'immeuble s'était adapté à son environnement assoiffé de bringues. Pour survivre dans ce boucan, il fallait avoir une maison à la campagne ou un boulot à l'étranger. Et si on voulait réussir à payer son loyer, mieux valait sous-louer dès que possible ses mètres carrés, à des gens venus de pays plus mornes, qui se comportaient ici comme jamais ils n'auraient osé le faire chez eux. On vivait à la va-comme-je-te-pousse, chez les voisins du dessus ou ceux du dessous, squattant des canapés-lits tandis que chez nous, dans notre appartement, les touristes venus faire la fête pissaient sur notre parquet.

Pour subvenir à mes besoins, je quittais la ville. Dès que j'étais à sec, je partais, j'allais dans des régions moins coûteuses, et ce n'est pas ce qui manquait. *Tue l'investisseur en toi* – j'avais lu ça sur une façade, à Kreuzberg, mais je m'en moquais comme de ma première culotte. J'habitais le quartier depuis tellement longtemps que j'avais l'impression d'avoir droit moi aussi à ma part du gâteau. Je vendais mon chez-moi pour quatre-vingts euros la nuit, les autres faisaient pareil.

Et le jeudi, avec nos cafés à emporter, nous allions manifester pour sauver le marchand de légumes du coin, voire le quartier tant qu'on y était, coude à coude avec des Berlinois d'adoption armés de tote-bags sérigraphiés de slogans révolutionnaires. Des artistes des quartiers aisés de Charlottenburg et de Prenzlauer Berg venaient exprimer leur solidarité, on lisait deux ou trois textes, on chantait quelques chansons contre la hausse des loyers et la privatisation de la ville, et la demande de logements sur Airbnb augmentait à nouveau de vingt pour cent. Les touristes achetaient les tote-bags qu'ils exhibaient ensuite dans les rues de New York, Barcelone ou Passau. Et personne n'achetait de légumes.

Dans le miroir, le visage qui me faisait face disait exactement son âge. Quarante ans tout juste passés. Les rides désormais profondes restaient blanches quand le reste bronzait. Comme si mon portrait avait explosé de l'intérieur. Ma beauté ne se conjuguait qu'au passé. L'âge avait pointé son nez un matin et, depuis, il revenait invariablement. Autrefois je grandissais dans mes rêves, bientôt j'allais me ratatiner dans mon sommeil. Le jour arriverait où je me réveillerais plus petite que la veille. Jusqu'à disparaître. Je me demandais parfois comment je viendrais à bout de tout ce temps. Et de tous ces poils sur mon menton.

Le jeune Espagnol avait vomi à côté de la cuvette de mes toilettes, le volume de la stéréo était sur max, le frigo contenait du beurre de cacahuètes, un morceau d'emmental et une bouteille de bière, et trois mégots écrasés ornaient le parquet. *José, 24 ans, originaire de Madrid*. Dans ma chambre, quelqu'un avait suspendu le tableau à l'envers. Visiblement, José était un petit marrant. Une chance que je n'aie pas eu à le rencontrer.

Il m'a fallu deux heures pour nettoyer l'appartement, le récurer, chasser la jeunesse espagnole de ses interstices. Après ça, j'ai ouvert la bière de José, je me suis assise à la fenêtre et j'ai regardé la Spree. À la mi-avril, la rivière était encore une rivière, pas une autoroute du divertissement. Dans un mois et demi au plus tard, les bateaux de croisière techno passeraient sous mes fenêtres, tâtonnant de leurs lasers contre les murs de mon bureau. J'aurais alors sous les yeux des enterrements de vie de garçon frisant l'hystérie, des hommes à moitié nus et des femmes encore plus nues, tous persuadés de vivre la meilleure période de leur vie, ce sur quoi ils avaient sans doute raison. Avec le temps, c'est ce qui me faisait le plus pitié.

Quand je suis arrivée au bar, Martha n'était pas là. Ni personne d'autre d'ailleurs, à part un barman qui astiquait les verres et que je n'avais jamais vu auparavant. Ce bar, Martha l'avait choisi – par désespoir ou par sensiblerie, comment savoir –, elle y avait eu ses habitudes autrefois. Pour moi, une vie entière s'était écoulée depuis le temps où nous passions nos nuits ici, avec Henning, dont elle avait voulu se séparer si souvent, avant de finalement l'épouser l'année passée. Et aussi avec Jon, le plus vieux copain de Henning, que nous n'avions pas pu sauver, qui avait vu en ce comptoir son meilleur pote – et le dernier –, y laissant argent et volonté, jusqu'à ce qu'il ne reste rien. Je ne pensais plus très souvent à Jon, on ne parlait presque jamais de lui et, d'ailleurs, on était tous les trois moins bavards depuis sa mort. Était-ce la conséquence de l'âge ou bien de la souffrance ? Et, au fond, y avait-il une différence entre les deux – je n'aurais pas su le dire. On se contentait de continuer, et continuer était moins difficile qu'on l'avait pensé.

J'ai levé les yeux vers la porte, où Martha était apparue telle une ombre. D'une main sans force, elle m'a effleuré l'épaule avant de s'asseoir en soupirant. Elle m'avait à peine regardée, elle n'avait regardé que les bouteilles sur le comptoir.

Martha ne sortait plus qu'en cas d'absolue nécessité, et cette nécessité venait toujours de l'intérieur, jamais de l'extérieur. Pour elle, cela faisait longtemps que l'extérieur était devenu superflu. Depuis plus d'un an, elle était régulièrement enceinte, de quatre semaines, de six semaines, de huit semaines, et après – après les fausses couches –, nous sortions boire un verre, avant que tout ne recommence à zéro. Ce calvaire hormonal l'avait si peu transformée que c'en était presque inquiétant. Mais Martha était une battante. Les semaines sans embryon, quand nous allions au bar, elle ne prenait que le plus cher, souvent pur.

Tant qu'on y est, disait-elle, et trois verres suffisaient en général à l'achever, un changement qui n'avait pas fini de me déconcerter. Les premières fois, j'avais bel et bien eu le sentiment qu'elle m'abandonnait. À cet âge, à cette étape de la vie dont je ne trouvais pas la clé, les amis capables de se tenir bien droits à mes côtés sur un tabouret de bar se faisaient rares. Mes nuits étaient aussi longues que les journées des autres. Nous vivions en décalage, il n'y avait quasiment personne sur ma route, et ceux que je croisais par hasard me faisaient peur. Des malheureux qui plantaient leurs crocs dans mes mollets.

Martha a commandé un double whisky de dix-huit ans d'âge et s'est tournée vers moi avec lassitude. Nous ne nous étions pas vues ni même parlé pendant plus d'un mois. Les choses suivaient leur cours normal, j'étais par monts et par vaux, elle toujours chez elle, et nous n'avions plus besoin depuis longtemps de nous assurer que nous pensions l'une à l'autre. Nous étions là et ça ne changerait pas. Maintenant nous nous taisions, assises côte à côte comme de vieux ouvriers dans leur bar attitré, à la sortie de l'usine. J'ai commandé une bière, une grande bière. Une longue soirée paisible s'annonçait.

« Tu y es allée pour quoi, à Rome ? a-t-elle finalement demandé.

– Juste comme ça, ai-je menti. Tous les deux, trois ans, je me dis que ça pourrait aider d'être croyante. Alors, pendant une journée, j'entre dans toutes les églises que je trouve sur mon chemin et j'imagine ce que je gagnerais à croire en Dieu. Je m'assois, avec autour de moi le silence, l'obscurité, ce froid humide, les murs chargés de crucifix et de fresques, cette souffrance soumise, comme s'il y avait quand même un sens. Je reste immobile, parfois très longtemps, parce que je sais qu'à peine sortie, je n'aurai de nouveau plus rien de solide entre les mains.

– Tu es allée à Rome pour poser tes fesses sur un banc d'église ?

– Parce que tu connais un autre endroit sur terre où il y a autant d'églises, toutes plus épatantes les unes que les autres, avec des Caravage dans chaque recoin ? Quand tu mets un euro dans la machine, la lumière s'allume, et tu peux même le voir, ton Caravage. Et puis j'ai enfin compris les nonnes. En Italie, Jésus n'est pas du tout pareil. Pas le genre souffrant, décharné, comme chez nous, non, il est là, bien musclé, cloué sur sa croix. Presque lascif. Pour un homme comme ça, n'importe quelle fille entrerait au couvent. »

Je bavardais pour lui laisser du temps. Et puis je n'avais pas envie de parler de la vraie raison de mon voyage, quelque part j'avais honte, surtout qu'il n'était pas question de moi, pas ce soir.

Martha a commandé un autre whisky. Elle ne disait toujours rien.

« Qu'est-ce qui se passe, Martha ?

– Raconte-moi d'abord ce que tu voulais vraiment faire à Rome, à part adorer Jésus.

– Je ne voulais rien faire à Rome. Je voulais aller à Bellegra, à une heure de route au sud », ai-je avoué.

Elle m'a regardée d'un air interrogateur.

« Je voulais aller sur la tombe de mon père.

– Ton père est mort ?

– Pas celui-là. L'autre.

– Tu as tellement de pères que je ne sais jamais duquel tu parles. »

Elle exagérait. En vérité, je n'en comptais que trois. Le gentil, dit « le tromboniste », le méchant, dit « le porc », et le biologique, dit « Jochen ». Ce Jochen, ma mère et moi avions disparu si tôt de sa vie qu'il en avait été réduit à l'état de gentil tonton envers qui je me comportais le plus poliment possible. De temps en temps, je le retrouvais pour un repas. Jamais je n'avais pu éprouver à son égard autre chose que de la pitié. Pas même quand ma mère avait convolé en justes noces avec le porc, à qui il n'avait fallu que deux ans pour causer dans mon âme prépubère un désastre tel que je passerais le restant de mes jours en proie à toutes sortes de tares psychiques et sexuelles. Parmi ces hommes, dans cette vallée des larmes où ma mère m'avait traînée, le tromboniste avait incarné la seule lueur d'espoir. Un Italien, joueur compulsif, macho au charme renversant, sur les épaules de qui j'avais traversé une bonne partie de mon enfance, le cœur débordant d'amour.

J'ai donc précisé : « Le tromboniste.

– Il est enterré à Bellegra ?

– C'est de là qu'il venait.

– Vous y étiez déjà allés ?

– Non, il n'a jamais voulu retourner là-bas.

– Je suis désolée.

– Oui, moi aussi.

– Non, je veux dire, je suis désolée de t'en avoir empêchée maintenant.

– Je m'en suis moi-même empêchée pendant dix ans et trois jours supplémentaires à Rome. C'est l'avantage avec une tombe : elle attend.

– Oui, a dit Martha en regardant le fond de son verre. Oui. C'est pour ça que je t'ai appelée. Enfin, plus ou moins. Mon père, a commencé Martha avant de boire une grosse gorgée, est un sale con.

– Scoop », ai-je dit.

Les trente premières années de sa vie, Martha avait eu un père qui brillait surtout par son absence, y compris quand elle avait besoin de lui. *Surtout* quand elle avait besoin de lui. De sa jeunesse, elle m'avait raconté des histoires cruelles. Ce père était un préjudice ambulant. La mère de Martha n'avait pas tardé à le quitter, après quoi il s'était saoulé durant plusieurs années, puis remarié, et dans la foulée, il avait quasiment jeté Martha aux oubliettes. Nos enfances se ressemblaient sur ce point, même si notre manière d'y faire face différait radicalement. Après maintes tentatives d'évasion ratées, Martha voulait désormais à tout prix fonder une famille, pour être de ceux qui s'y prendraient mieux, connaître le bonheur, aller jusqu'au bout. Moi, l'enfance et plus encore la jeunesse m'avaient fait passer l'envie même de famille, et la seule perspective d'en avoir une m'oppressait déjà.

Ces dernières années, maintenant qu'il était vieux et veuf, le père de Martha s'était mis à l'appeler une fois par semaine. Deux fois par semaine depuis qu'on lui avait diagnostiqué un cancer. Elle avait bien dû passer des milliers d'heures au téléphone avec lui, dont cinq avaient même valu la peine. Il y avait eu des explications, des vérités et des excuses, jusqu'à de grandes déclarations d'amour. De sa part à lui, bien entendu.

Au fond, ce n'était pas un si mauvais bougre, m'avait dit un jour Martha. Il n'avait pas eu la vie facile, lui non plus. Dès lors qu'on savait d'où venait l'autre, qu'on connaissait ses combats, ceux remportés et surtout ceux perdus, la liaison s'établissait, et l'amour pouvait circuler.

Restait un problème : et après ? Une fois qu'on s'était tout dit ? À la fin, on avait fait place nette, on allait boire une bière ensemble et on échangeait des banalités sur la politique. Avec un peu de chance, on savourait le silence partagé.

« Il ne pensera toujours qu'à lui, jusqu'à son dernier souffle, a dit Martha. L'ennui, c'est qu'il a besoin de moi pour ça. Hier matin, il m'appelle, comme quoi "tout est arrangé" et tout ça. "J'ai tout mis sur pied, il me dit, j'ai le feu vert." Là, il me sert du "biquette" et "une dernière volonté". Et puis : "Tu ne peux quand même pas refuser ça à ton père malade". Oui, c'est sûr, qui refuserait une dernière volonté ? Au moins, après, c'est terminé. »

Je ne comprenais rien à ce qu'elle essayait de me dire.

« Il veut mourir, Betty. Et c'est moi qui dois l'amener.

– Comment ça, l'amener ?

– En Suisse. Le rendez-vous est prévu pour la semaine prochaine.

– Quel rendez-vous ? Comme ça, du jour au lendemain ?

– Ce n'est pas du jour au lendemain. Apparemment, il a envoyé son dossier voilà des mois, les IRM, les diagnostics, tout. Il est entré dans cette association, et il a payé un paquet de fric. C'est aussi pour ça qu'il vient sans arrêt me taxer. Moi, je passe mon temps à me demander pourquoi il ne s'en sort plus financièrement, je me dis qu'il picole trop, mais non : il s'est servi de mon argent pour se payer le grand saut. Si ce n'est pas pervers. D'abord, il s'arrange pour que sa fille lui finance sa fin de vie, et après, il faut qu'elle le conduise. »

Alors que, dans notre cercle d'amis, tous ou presque avaient peu à peu le plaisir d'hériter de maisons familiales, même s'il ne s'agissait que de demi-maisons, et que, dans les dîners, les discussions sur les testaments et les droits de succession allaient bon train, Martha qui, depuis des années, résolvait l'un après l'autre les « petits problèmes de trésorerie » de son père, comme il les appelait, restait assise et souriait d'un air doux. On n'échappait pas à la pauvreté de ses parents, l'odeur en était tenace. La démarche, déjà, disait tout, si bien plantée, si raide et fière, parant à toute domination, sans légèreté.

« Et il ne t'en a pas parlé ? ai-je demandé. Mais de quoi est-ce qu'il te parle pendant tout ce temps ?

– Il ne voulait pas faire peser ce poids sur moi. C'est le genre de trucs qu'on dit juste après avoir assommé quelqu'un avec un pavé d'un demi-quintal. "Biquette, je ne voulais pas faire peser ce poids sur toi." »

Martha s'est servie dans mon paquet de cigarettes, ce qu'elle ne faisait plus que saoule ou désespérée, le plus souvent les deux, et elle s'est mise à fumer. À sa manière. Elle regardait dans le vide, avalait la fumée, réfléchissait. Martha se mettait des dates butoirs pour tout, même pour penser. Au moment où elle écraserait cette cigarette, elle aurait pris une décision. Pour les décisions particulièrement difficiles, elle s'achetait un cigare. J'ai posé mon paquet de cigarettes à côté de son verre.

« Merci, non, a-t-elle dit. Celle-ci suffira. »

Un pli se dessinait entre ses sourcils, et je voyais ce que ça signifiait pour moi. Ce froncement dissimulait une demande, quelque chose de difficile à dire, qu'elle ne savait pas comment formuler. Je lui ai pris le filtre jauni de la main.

« Je ne peux pas, a-t-elle dit. Je ne sais même plus conduire. Je n'y arriverai pas. Avec mon père à côté, et ces dernières heures à passer comme ça, ensemble. »

Martha n'avait plus jamais repris le volant depuis l'accident. Cet accident auquel nous avions survécu tous les quatre, comme nous l'avions d'abord cru, et qui avait tout changé. Qui avait tailladé le visage de Jon et finalement causé sa mort. Martha refusait qu'on lui ôte de la tête cette responsabilité qui n'était pas la sienne, et elle nous avait priés un jour, Henning et moi, de ne plus essayer.

« Mais Henning peut conduire, ai-je dit.

– Henning crache sur mon père, tu le sais. Pour ne pas lui hurler dessus, il faudrait qu'il morde dans le volant pendant tout le voyage.

– Je vois.

– Et puis je ne peux pas imposer ça à mon père.

– Imposer quoi ?

– Henning.

– Vous êtes mariés, et heureux en plus. Vous voulez un enfant ensemble. D'ailleurs, Henning est le meilleur homme qui soit. »

C'est du moins ce que je croyais désormais. Pour la plus simple des raisons : il aimait Martha. Il avait pris parti pour elle, d'une manière au-dessus de tout soupçon, et au fond, l'amour se résumait à ça : prendre parti.

« Mon père le considère comme un raté.

– Je ne sais pas, Martha, c'est un peu n'importe quoi, tout ça. Peut-être que ce serait bien que vous y alliez tous les trois.

– Non ! » Martha avait haussé la voix. « Toi, tu dois venir. »

Je n'avais vu le père de Martha qu'une fois, plus de dix ans auparavant, et je n'en avais gardé aucun souvenir si ce n'est une poignée de main moite.

« On l'amène, il boit sa ciguë, et on rentre.

– Sans lui ?

– Là-bas, ils s'occupent de tout, il me l'a dit, le rapatriement, tout ça. »

Même si Martha disait vrai, je ne voyais pas comment c'était censé se passer. Comment conduire quelqu'un à son rendez-vous avec la mort ? De quoi parle-t-on pendant le trajet ? Et pour manger ? Serait-il même encore en mesure de manger ? Pouvait-on écouter de la musique ? Trouver le paysage beau quand il était beau ? Qu'est-ce qu'on était en droit de vouloir pendant les derniers jours, les dernières heures ?

Martha pleurait. Mais uniquement de l'œil gauche, le droit restait sec. Elle ne savait pleurer que d'un œil. Du plus loin que je me souvienne, elle avait toujours eu le pleur à gauche.

En la prenant dans mes bras, j'ai senti à quel point elle était tendue, comme si elle n'avait quasiment pas respiré depuis des heures, comme si elle avait décidé de retenir son souffle jusqu'à ce que tout soit fini.

« Il veut s'éclipser avant que ce soit trop douloureux. On ferait sans doute exactement pareil », ai-je dit, moi, la reine de l'éclipse, qui parcourais la moitié du globe pour devancer les douleurs, même si, dans mon cas, elles n'étaient jamais physiques. Mon corps avait une santé enviable.

« Mais il faut qu'il reste, a-t-elle dit. Qu'il m'appelle chaque jour, jusqu'au bout. Il faut qu'il fasse la connaissance de son petit-fils ou de sa petite-fille, ça ne devrait plus être long maintenant. Il devrait quand même avoir envie de voir ce que nous allons devenir, tous. Il ne peut pas juste dire : Merci, mais maintenant ça me suffit, j'en ai assez vu.

– Si, ai-je dit, il peut. »

Elle a hoché la tête.

« Parfois, je préférerais qu'il soit resté le père médiocre qu'il a été pendant les trente-cinq premières années de ma vie. Je lui dirais : Va au diable, c'est ta place, et je commanderais une couronne pour les obsèques. Devenir gentil juste avant de mourir, c'est d'une méchanceté !

– Tu le lui as dit ?

– Bien sûr que non.

– Je voulais dire : que tu aimerais qu'il reste.

– "N'essaie pas de me faire changer d'avis", c'est ce qu'il a dit, et évidemment, j'ai essayé. J'ai pleuré, il a pleuré, et ensuite il a raccroché. Dix minutes plus tard, j'ai reçu un SMS avec la date du rendez-vous. Rien d'autre. Il ne tape pas très bien, il faut dire. »

Martha s'est affaissée. « De toute façon, même si je le faisais changer d'avis, ce serait moi après la responsable de ce qui va suivre. Et je sais bien que ce qui va suivre ne réserve pas grand-chose de bon. Je n'arrêterai pas de me dire que c'est à moi qu'il doit sa souffrance. »

Elle a regardé au fond de son verre.

« Il est quand, ce rendez-vous ? ai-je demandé.

– Jeudi. À quatorze heures. Il faudrait qu'on aille le chercher à Hanovre et qu'on le descende avec sa voiture. Une Golf, un vieux tacot, mais il veut absolument prendre sa voiture, enfin, qu'on l'emmène avec. Lui, il ne conduit plus. Ça fait plus d'un an qu'elle est garée dans la rue d'à côté.

– On ne pourrait pas plutôt prendre la vôtre ?

– Il veut y aller avec sa Golf. Tu connais ça : les souvenirs, la nostalgie des endroits visités, les gens qui s'y sont assis. Son tacot, c'est son pote. Toutes les deux ou trois semaines, il est allé dans la rue d'à côté, il s'est assis au volant du tacot, et il a bu une bière avec lui. Donc, si on part, c'est avec sa voiture.

– Essence ou diesel ? ai-je demandé.

– Qu'est-ce que ça peut bien faire ? »

Martha me regardait d'un air dubitatif.

« J'aime bien m'appuyer sur des éléments pratiques.

– Essence. Je crois.

– Quatre portières ?

– Oui, bon Dieu, et elle a aussi un coffre. Une Golf, quoi. »

L'idée de faire ce dernier voyage en Golf m'attristait. J'ai commandé une deuxième grande bière et une liqueur.

« Et ça se trouve où, en Suisse ?

– À Coire, dans les Grisons, a dit Martha. De Hanovre, ça fait à peu près huit cents kilomètres en tacot. Je ne pense pas qu'on y arrive en une journée. Il n'est plus tout jeune. »

Elle a laissé échapper un soupir désespéré, l'œil gauche toujours humide.

« Dans ce cas, on passera la nuit quelque part », ai-je dit, et Martha a demandé où, à mon avis – on ne pouvait quand même pas dormir sur une aire d'autoroute, ni à Nuremberg ou à Wurtzbourg. Elle avait regardé la route, et à regarder une route pareille en se demandant où passer sa dernière nuit, on se rendait bien compte qu'en la matière, ce pays ne valait rien. L'Allemagne était trop sinistre pour une dernière nuit.

Martha a frappé le comptoir du plat de la main, et le barman, levant le nez, a recommandé le lac de Constance.

« Lindau », a-t-il dit. Lui qui venait de là-bas, il ne voyait vraiment rien de mieux que le lac de Constance. « Allez à Lindau. »

Quand on est à court d'idées, suivre simplement ce que les autres disent est une option. Il faut savoir se laisser porter, faute de mieux.

« Va pour Lindau. » Et nous avons examiné nos verres en réfléchissant chacune à notre dernière nuit.

« Mourir au lit, a dit Martha. Et surtout pas seule. Avec une vue, ce serait pas mal, donc plutôt pas une chambre d'hôtel à New York avec vue sur les clim'. Un lit avec une fenêtre qui donnerait sur la mer, là où il n'y a pas de souvenirs. Je n'ai pas envie de mourir dans un endroit où j'ai été jeune. Pas de boucle bouclée, comme si on recommençait l'histoire. Peut-être une île grecque. Oui, a-t-elle conclu, ça m'irait bien.

– J'ai une préférence pour la sortie de route en bord de mer, ai-je dit. Sur une île grecque si ça te fait plaisir. Je ne voudrais pas avoir le temps de repenser à tout, par contre. Surtout pas penser et mourir en même temps. »

Allez, on y va

Rideaux tirés, vaisselle lavée, quatre cartons fermés et une armoire vide. L'appartement était prêt pour notre départ. Dans le couloir, Kurt était resté bien droit quand sa fille l'avait enlacé.

L'immeuble avait été construit peu de temps avant la naissance de Martha. S'y installaient alors de jeunes familles, et maintenant, les parents encore là mouraient dans ce qui était devenu un HLM sinistre. Les enfants en avaient pour la plupart réchappé, certains peut-être comme Martha en suivant des études, en séjournant à l'étranger, en partant pour la capitale. J'avais l'impression d'avoir toujours connu cet endroit alors que je n'y étais jamais venue. J'avais grandi à Hambourg, en bordure d'une grande artère, dans un immeuble qui ressemblait à celui-ci, dans un appartement dont je détestais chaque objet. Nous n'avions jamais abordé le sujet, n'évoquant notre enfance qu'au travers d'anecdotes dont on pouvait rire. Comme si nous étions tombées du ciel, ou plutôt comme si on nous en avait chassées à coups de pied. Martha et moi, nous nous étions rencontrées à vingt ans, à un âge où, déjà, nous avions coupé les ponts avec nos origines, une coupure résolue à défaut d'être nette, et ce n'était que maintenant, dans cet appartement, dans ces trois pièces exiguës aux murs embrunis par la cigarette, que je comprenais que ce passé était précisément ce qui nous liait tacitement.

Kurt emportait pour tout bagage une petite valise rose, un sac en plastique Lidl et une béquille en alu. Il laissait le reste sur place, et Martha allait devoir liquider ce qui se trouvait encore dans l'appartement.

À la fin, il n'y aurait plus que ça à faire. Liquider les biens, se saisir de chaque objet, mettre en sûreté des souvenirs, les emballer dans des cartons, pleurer sur des photos, sur les cartes postales qu'elle lui avait envoyées et dont elle n'avait jamais su à quel point elles étaient importantes pour lui. Liquider. Éradiquer.

Il n'avait jamais été très causant. Nous étions les filles de ces pères qui ne trouvaient le temps de nous parler qu'à l'heure de la retraite. Nous leur expliquions internet, et ils nous expliquaient la météo. L'amour venait si tard que nous ne pouvions plus en faire grand-chose. Nous nous contentions de l'accepter, avec gratitude. Mais en donner n'était pas dans nos habitudes, et encore moins en rendre.

« Asseyez-vous donc », a dit Kurt, qui avait même préparé du café alors qu'il ne pouvait plus en avaler une goutte. Nous non plus, tellement il était amer, mais nous n'avons rien dit.

Un rectangle jaune surmontait le buffet en chêne. Une autre tache claire se dessinait près du téléviseur, à droite. Les tableaux n'avaient été décrochés que récemment : leur emplacement était presque blanc par rapport au reste des murs. Tout ce dont on pouvait tirer de l'argent d'une manière ou d'une autre avait disparu. La frontière entre minimalisme et pauvreté était mince, mais évidente. Rien ici n'avait jamais eu de classe. Dans la cuisine, il ne restait plus que le verre à recycler.

Nous étions installés sur les coussins défoncés de l'ensemble canapé et fauteuils autrefois nécessaire à toute union légale. Kurt n'avait sans doute pas encore fini d'en payer les traites alors que sa femme l'avait quitté depuis longtemps. Le canapé sur lequel on pouvait se saouler ou se tirer une balle, voilà ce qui subsistait finalement d'un mariage.

« C'est bien que vous veniez aussi, m'a dit Kurt. Être conduit par deux si jolies femmes, ce n'est pas donné à tout le monde, pas vrai ? »

Tous les trois, nous avons hoché la tête, et je me suis demandé avec effroi si nous allions rester ainsi à hocher la tête indéfiniment. Des hochements de tête pour pallier le manque de mots. Qu'est-ce que j'avais pu hocher la tête dans ma vie ! Une vraie réincarnation de teckel dodelinant du chef sur la plage arrière d'une voiture. Je faisais partie de cette catégorie de gens qui hochent la tête, assis sur une chaise de cuisine, quand on leur annonce que c'est fini. Et les huit heures que j'allais passer au volant ne seraient pas différentes. Je fixerais la route, je hocherais la tête et je serrerais les dents. J'aurais dû emporter ma gouttière dentaire.

Kurt a regardé le salon en caressant l'accoudoir de son fauteuil. En l'absence de plante et d'animal de compagnie, il fallait bien que la tendresse accumulée finisse par se manifester.

« Bien, a dit Kurt. On y va ? »

Martha a bondi la première, avec une impatience que je ne lui connaissais pas. Elle espérait peut-être dévier le cours des choses en exerçant suffisamment de pression pendant les dernières heures.

J'ai descendu les deux étages avec la petite valise rose de Kurt, et j'ai attendu dehors. Dans cette zone résidentielle depuis longtemps désertée par les enfants, en face d'une aire de jeux et de sa balançoire aux chaînes rouillées. Comment fait-on ses adieux à des lieux morts avant nous ?

J'ai entendu Kurt parler avec la voisine dans la cage d'escalier, des vacances en Suisse, avec sa fille, oui, quel plaisir, sans aucun doute. Je me suis demandé à qui il voulait faire croire une chose pareille. Y avait-il encore des gens pour passer des vacances en Suisse alors qu'on pouvait s'envoler vers l'Espagne pour presque rien ?

La voisine, riant grassement, ignorant tout, a refermé sa porte en souhaitant bon voyage.

« Allez, on y va », a répété Kurt qui arrivait près de moi, et il m'est passé devant, sa béquille frappant l'asphalte. Aucun doute, nous allions entendre encore souvent cette phrase. Chaque fois qu'on se retrouvait dans une situation où personne n'osait, où personne ne pouvait, il y avait toujours quelqu'un pour dire : « Allez, on y va. » C'était la phrase qu'on prononçait au moment de gâcher sa vie.

Kurt nous a menées à sa voiture, effectivement garée depuis plus d'un an dans la rue voisine. Sur le bas-côté, le tacot inerte était recouvert d'une couche de pollen poisseuse.

« Je n'ai pas pu, pour le lavage. » En disant cela, il m'a mis la clé dans la main et a insisté pour s'installer à l'arrière : il n'avait encore jamais testé cette place dans sa propre voiture, ni quiconque d'ailleurs. « La banquette arrière est comme neuve », a-t-il dit.

C'était bien la seule chose qui soit comme neuve. Cette voiture, il venait y méditer, d'après ce qu'il disait ; il s'installait ici quand il avait à penser. Penser comme en route, même si la route n'aboutissait nulle part. Le plancher était jonché de canettes de bière cabossées, le cendrier disparaissait sous un amoncellement de mégots, des CD prenaient la poussière sur les sièges. Un arbre magique senteur des pins pendait tristement au rétroviseur.

« Année quatre-vingt-seize, a dit Kurt, vingt ans, et pas un accident. Je peux encore léguer l'assurance à Martha. Comme je n'ai rien d'autre à léguer. »

J'ai tourné la clé dans le contact, et un soupir grinçant s'est fait entendre. Nous avons réveillé un mort, baissé les vitres et pris la route.

* * *

Il avait passé sa vie entière dans cette ville, s'y était installé vers vingt-cinq ans et ne l'avait plus quittée depuis, exception faite des vacances tout compris. J'ai essayé d'imaginer ma ville telle que je la verrais pour la dernière fois. Au moment des adieux, se pouvait-il que le regard soit aussi émerveillé qu'à la première rencontre, même si c'était pour d'autres raisons ? Pouvait-on saisir ce moment, quand les plus grands espoirs se changeaient en derniers souvenirs ? Des souvenirs sous forme d'images, de scènes d'un gaspillage de soi qui ne laisserait aucune trace dans la ville. Où aucun endroit ne se souviendrait. Avec un peu de malchance, ton bar préféré depuis de longues années se met à vendre des glaces véganes, ta librairie est remplacée par une maison individuelle aux baies surdimensionnées et, depuis le passage du bulldozer, un nouveau magasin Aldi se dresse là où se trouvait ta première coloc.

« C'est quand même bizarre, a dit Kurt, au fond, je n'ai jamais aimé Hanovre. Cette ville est vraiment laide.

– Tu n'as jamais voulu la quitter, a dit Martha. Tu as toujours répété qu'ici, c'était chez toi, que tu y avais tes amis.

– Bah, les amis. À la fin, les amis, ils te laissent surtout en plan, je vous le dis, moi. À cause des femmes, des enfants, du travail, à cause de la bibine ou de la maladie, il y a toujours quelque chose qui passe avant. Les amis, tu parles. »

Il a hoché la tête, et nous avons secoué la nôtre, protestant énergiquement. Martha a parlé des coups durs, des amis qui justement étaient là quand les choses se gâtaient.

« En cas de coup dur, tu n'as pas besoin d'amis, a dit Kurt, mais d'un bon médecin ou d'un avocat. On a besoin d'amis pour les bons moments, pour les mauvais on y arrive tout seul. On a besoin d'amis pour le bonheur. Qui peut faire la fête tout seul ? Le bonheur, ça se partage, pas la souffrance. La souffrance, au mieux on la redouble. »

Sur ce point il avait raison, sans aucun doute, surtout maintenant. J'ai passé la quatrième en songeant au nombre de bouteilles de mousseux bien frais que j'avais vidées seule ces dernières années. « À ma santé ! » disais-je, et je me saoulais sans modération.

Devant nous la ville s'amenuisait, à proximité de l'autoroute on n'en voyait plus que les rebuts. Logements sociaux, bordels, centre de contrôle technique, magasins d'usine, ultime McDonald's. Les gens de Hanovre roulaient comme des dingues. Sur la banquette arrière, Kurt s'est mis à tousser, il a poussé un râle, et Martha en se retournant vers lui a laissé échapper un « Mon Dieu ! » qu'il s'est efforcé de balayer d'une main faible. Elle lui a tendu un mouchoir et l'a récupéré taché de sang.

« Betty, arrête-toi où tu peux ! » a-t-elle crié.

Avec un coup de volant, disons, plein d'entrain, j'ai pris la sortie pour la station-service la plus proche, où elle a donné de l'eau à Kurt et essuyé le sang qui lui avait coulé sur le menton.

Kurt a retrouvé l'usage de la parole et dit : « Grands dieux, Betty, vu comme vous conduisez, j'aurais pu garder l'argent de la Suisse. »

Il s'est calé sur la banquette, avec ce qui m'a paru être un sourire.

« Vous savez ce que je n'ai pas mangé depuis une éternité ? Un hot-dog d'autoroute. Avec une tonne de moutarde. »

Il a demandé à Martha si elle était d'accord, si elle pouvait lui en chercher un, mais seulement la saucisse, sans pain, et après être descendue de voiture, Martha s'est penchée vers moi : « Toi aussi ? »

J'ai accepté. Soudain j'ai eu peur que nous ne puissions pas atteindre la Suisse, que nous n'arrivions pas là-bas indemnes. Encore que le mot *indemnes*, dans ce contexte, était de toute façon ridicule. Je ne voulais surtout pas que Kurt nous lâche sur la banquette. La mort, je n'y connaissais rien.

« Au fait, Betty, vous fumez ? » a-t-il demandé depuis l'arrière.

Mon envie de fumer avait rarement été aussi forte qu'à cet instant. Kurt m'a tendu l'une de ses cigarettes, qu'il roulait lui-même, je lui ai passé du feu. Sa toux s'est calmée avec les premières bouffées, et on n'a plus entendu que le son de sa profonde satisfaction.

« Martha m'a dit que vous viviez seule ?

– Oui. J'ai pris l'habitude.

– Vous ne devriez pas. C'est un truc à vous rendre dingue, Betty. Quand on vit seul, on pense trop. Toujours à tournicoter dans sa tête. Ça donne le vertige, à tel point qu'on en a parfois la nausée. Je sais de quoi je parle. »

Dehors, Martha, trois saucisses à la main, insultait le pare-brise. Sa colère n'était que pour moi.

« Y a pas à dire, tu es vraiment un cas désespéré ! » a-t-elle rugi.

J'ai éteint ma cigarette et ouvert la portière côté passager ; dans le rétroviseur, Kurt m'a lancé un clin d'œil.

« Non, mais franchement ! a continué Martha en se glissant sur le siège et en me passant mon hot-dog d'un geste brusque. Tu n'as qu'à cracher un peu de sang dessus, tant que tu y es, juste pour le goût. Je te jure.

– Pas la peine de t'énerver comme ça, ma princesse. Toute ma vie, je n'ai rien tant aimé que de fumer avec les femmes. Cigarettes et femmes – le bonheur.

– Et quel bonheur ! a soufflé Martha. Sans ça, on n'en serait pas là.

– Sans ça, tu ne serais pas là, toi non plus. Ta mère avait un don pour fumer. À l'époque, si elle n'avait pas fumé de cette manière, je ne l'aurais jamais remarquée. Je ne sais pas comment elle s'y prenait, mais elle formait des ronds qui lui sortaient vraiment par la commissure des lèvres. Elle trônait toujours sous une auréole de fumée. Quand on y pense ! Ta mère, justement elle, avec une auréole de sainte. C'était n'importe quoi évidemment, on l'a bien vu ensuite, mais quand je l'ai rencontrée, c'était une madone, je te le dis ! »

Kurt a observé la saucisse qu'il avait dans la main, l'a examinée avec cette fascination dont les êtres humains ne sont apparemment capables qu'au tout début ou à la fin de leur vie. Au dernier moment, peut-être est-on pris d'une sorte d'affection pour le monde. En mordant dans la saucisse, Kurt a grogné doucement.

* * *

« On ferait peut-être mieux d'y aller d'une traite, en fin de compte, a chuchoté Martha après s'être assurée que Kurt s'était endormi à l'arrière. Je ne sais pas, j'ai un drôle de pressentiment. Il y a un truc qui ne tourne pas rond chez lui.

– Comment voudrais-tu que ça tourne rond chez lui ?

– Non, c'est autre chose. Je ne sais pas. »

Nous l'avons écouté respirer, d'un souffle irrégulier qui se taisait parfois, avant une nouvelle inspiration qu'on aurait pu prendre pour une suffocation.

« On a ce rendez-vous en Suisse, demain à quatorze heures, ai-je dit. Et demain, c'est demain, même si on arrive là-bas aujourd'hui.

– Ça fait chier, ces lois de la physique. »

Martha a écrasé son énervement contre le dossier du siège. Tout l'oppressait, et elle a expiré longuement, comme pour libérer de la place en elle.

« Je crois que j'aimerais bien en fumer une aussi », a-t-elle dit.

Automatiquement, j'ai ralenti, comme si j'allais, surtout moi, me lancer dans des discours moralisateurs.

« Quoi ? » Elle ne chuchotait plus. « Je suis enfermée dans un cendrier roulant, tu voudrais que je fasse quoi d'autre ?

– Elles sont derrière, dans la poche de ma veste. »

Martha s'est retournée, et elle est restée bien trop longtemps dans cette position avant d'attraper ma veste et de me demander si je sentais. J'ai senti, et je n'ai rien senti du tout. Rien d'autre que notre odeur à nous trois. La tension, la tristesse, la terreur, l'âge. Et la promiscuité. L'odeur d'une cage. En y pensant, j'ai compris. Cette odeur de cage qui ne s'explique toujours que par une chose : l'urine.

« Tu veux que je m'arrête ? ai-je demandé.

– Non. On le laisse dormir. »

Elle nous a allumé une cigarette à chacune et a dit :

« Raconte-moi un truc de ta vie pourrie pour que j'oublie un peu la mienne. »

J'ai caressé le volant du pouce et soupiré.

« La vie que je mène, ai-je répondu, des générations de femmes avant nous se sont battues pour l'avoir. Tu ne peux en aucun cas la qualifier de pourrie. Je suis le comble de la liberté.

– Justement. Tu deviens bizarre. Tu ferais bien de retomber amoureuse.

– Comment ça, je deviens bizarre ?!

– Morose. Pour le dire gentiment. Cynique, plutôt, pour être honnête. »

Martha ne m'avait pas regardée en disant cela.

« Et donc, pour lutter contre, je devrais tomber amoureuse ? »

Depuis des années, le monde entier me recommandait de tomber amoureuse. Comme si c'était une planche de salut, comme si j'avais besoin d'une planche de salut. Comme si je n'avais rien de mieux à faire.

« Ça a donné quoi avec celui de l'autre fois ? a insisté Martha.

– Qui ?

– L'artiste, là.

– Il était tatoué.

– Et alors ? Ça ne se voit pas dans le noir.

– Les tatoués, pour moi, c'est terminé. Ils parlent tout le temps. Pires que les pêcheurs à la ligne. Il a passé des heures à m'expliquer ses avant-bras. Toute la frise de son passé. À droite sa famille, à gauche ses amis. Son arbre généalogique, ses malheurs… Au début, quand je me retrouvais au lit avec des hommes, ils me racontaient leur vie d'après leurs cicatrices. Ça allait vite. L'appendicite, l'accident de skate, l'opération du ménisque. C'était le maximum, côté cicatrices. Avec le temps, il faut compter en plus les pontages, mais ça se raconte vite. Un infarctus, c'est décrit sans passion. Alors que les tatouages, ce sont des histoires marquées au fer rouge dans la chair. Cette génération est parée pour la démence, je te le garantis. Ils n'ont qu'à se regarder pour se souvenir, et le reste est stocké dans le Cloud. Le mieux, ce serait qu'ils aient le mot de passe tatoué d'avance sur le poignet.

– OK, désolée d'avoir posé la question ! »

Martha a baissé la vitre pour évacuer la fumée, la mauvaise humeur, la puanteur de l'urine.

« Je n'ai pas envie de parler de ça, ai-je dit. Des hommes.

– D'accord. Moi non plus. Aucun intérêt, d'ailleurs.

– On en était déjà là à l'âge de dix ans. Toujours à parler des garçons. Toujours à être malheureuses. Une vraie litanie. D'abord, on parle des hommes pendant trois ou quatre décennies, et après on passe aux maladies. Dans le genre vie gâchée…

– Tu as oublié les enfants, entre les deux, a objecté Martha.

– Ah oui.

– Attends, tais-toi », a-t-elle repris, et elle chuchotait à nouveau.

Nous avons penché la tête de côté, comme pour entendre plus distinctement.

« Il respire encore ?

– Je crois », ai-je dit en ralentissant.

Kurt respirait comme un poisson. Sa bouche s'ouvrait dans un « plop » toutes les deux, trois secondes, on aurait dit que de petites bulles d'air s'en échappaient.

« Peut-être la phase de sommeil profond ? ai-je supposé.

– Pourquoi est-ce qu'il me fait ça ? »

Martha, le regard obstinément fixé sur la route, n'attendait pas de réponse. Pas même venant d'elle.

J'ai mis les gaz, je voulais arriver vite là où tout serait terminé, tandis que Martha cherchait une station de radio qu'elle ne trouvait pas. Rien que des bribes, des grésillements, comme si nous traversions un no man's land, à mille lieues de toute fréquence. Dans la voiture, l'ange qui passait et repassait nous empêchait d'en placer une, alors nous nous taisions, et ce silence était sans beauté ni harmonie. L'agonie était une torture, il aurait fallu l'abolir, faire en sorte que seules demeurent la vie ou la mort, et plus rien entre les deux. En percevant un soupir à l'arrière, je me suis presque sentie soulagée. Dans le rétroviseur, j'ai observé Kurt qui cherchait ses repères. La Suisse était encore loin, on ne voyait que l'autoroute A7, quelque part entre Fulda et Wurtzbourg. J'y mettais du mien, mais ce pays savait être long comme un jour sans pain.

Kurt s'est penché vers nous, et il a demandé si on entendait ce bruit, nous aussi.

« Quel bruit ? ai-je dit. Je n'entends rien, moi.

– Comme un claquement, tout bas… là. Vous avez entendu ?

– C'est vrai, a dit Martha.

– Là ! Encore. Vous entendez ? »

C'était un raclement invariable, récurrent.

« Qu'est-ce que c'est ? » ai-je demandé.

Kurt a souri. « La soif. »

J'ai plissé les yeux pour distinguer l'aiguille. Je ne voyais plus que de loin, les objets proches disparaissaient progressivement, chaque mois davantage.

« Le réservoir est à moitié plein, ai-je dit.

– C'est l'huile. Ça ne se voit pas, ça s'entend juste. Le tacot a besoin d'huile. Et par la même occasion, a-t-il dit, moi, j'ai besoin d'une bière.

– Tu nous racontes des salades, là ! Ça fait à peine quatre heures qu'on roule. »

Il écluse tout ce qu'il peut, me disait Martha autrefois. Il se dissout. Chez l'alcoolique, tout se liquéfie. La tête, le cœur, le corps finalement. Tout s'écoule, s'échappe. À l'époque, elle ne parlait pas que pour son père, mais aussi pour Jon. Quand notre ami Jon était encore en vie, tout juste encore en vie, et qu'aucun de nous ne parvenait à le ramener à la sobriété. Tu es là les mains vides, avait dit Martha, tu enlaces quelqu'un qui s'est effacé depuis longtemps.

Muette sur son siège, elle se mordait la lèvre jusqu'au sang.

« Non, a dit Kurt, ce ne sont pas des salades. Le tacot et moi, on a toujours picolé ensemble. » Il a eu un rire heurté et sanguinolent. « L'ennui, c'est qu'il consomme quand même beaucoup. Il vaut mieux qu'on prenne tout de suite cinq litres.

– Cinq litres ? ai-je répété.

– Ou plutôt dix ? s'est interrogé Kurt, l'air désemparé sur la banquette arrière. Je ne sais pas. Ça fait un siècle qu'on n'a plus roulé, et avec les montagnes, en plus… Les montagnes, c'est une première. Vous imaginez ça ? Toute ma vie, je n'ai roulé que sur du plat. Une vie vraiment bien prussienne, quand on y pense. »

J'ai bifurqué vers l'aire d'autoroute suivante, et Kurt s'est extirpé de la voiture, sa béquille devant lui.

« Je vais nous chercher à boire », a-t-il dit avec la tête de celui qui doit se faufiler parmi des hordes de fêtards pour atteindre un comptoir. En réalité, seules deux autres voitures étaient garées sur le parking et, dans l'une d'elles, une gamine assise sur le siège passager pleurait. Son œil droit, gonflé, virait au coquard.

C'était un mercredi innocent d'avril, qui ne voulait rien savoir de toute cette tristesse et se contentait de s'ennuager paisiblement. J'avais perdu la foi à l'adolescence, mais quand le ciel se couvrait sans que la pluie vienne, je me disais souvent : Dieu ferme sa fenêtre, et nous sommes livrés à nous-mêmes.

Il avait sans doute fallu aligner cinq zéros pour la berline noire dans laquelle elle se tenait, assise sans défense, regardant fixement au-dehors. J'avais l'impression de connaître cette gamine, d'un film ou du passé, je n'aurais su dire. Peut-être était-ce seulement son regard que j'avais l'impression de connaître, un regard qui n'envisageait plus aucune issue depuis longtemps. Et c'était déjà la vieillir que de lui donner quatorze ans.

J'ai ouvert le capot de la Golf, sorti la jauge d'huile, je l'ai essuyée et j'ai contrôlé le niveau.

« Alors ? a demandé Martha. Il a raison, ou il veut juste se cuiter ?

– Presque à sec. Tu devrais aller l'aider à porter.

– Je ne vais pas jouer les larbins et lui porter sa bière à la con.

– Dans ce cas, porte l'huile.

– Ah, vraiment, il l'a bien dressé, a-t-elle pesté. “Le tacot et moi, on a toujours picolé ensemble.” Quelle connerie ! Cette histoire de potes. C'est une voiture ! Personne n'a une voiture pour meilleur ami.

– Ou alors, il faut éviter que ce soit une Golf.

– Enfin, quand même, il ne veut pas vivre quelque chose de beau, dire quelque chose d'important ? Il doit bien vouloir encore quelque chose. Un dernier souhait, du champagne, du filet de bœuf, la mer, les sommets.

Mais pas une bière à la station-service. Au milieu de nulle part, sous un ciel gris. »

L'œil gauche de Martha s'était rempli de larmes, ce qui aggravait encore sa colère. « Ce type est un incapable ! "Je suis content, ma biquette, j'ai tout ce qu'il me faut." Tu parles, la télé, un fauteuil relax électrique, de la bière au frigo. Content, ma biquette. Ça me donne envie de vomir ! »

Devant la boutique de la station-service, Kurt a appelé Martha. Il devait être là depuis un bon moment, et nous ne l'avions pas remarqué.

« Prends son sac », ai-je dit, et elle a acquiescé, saisi sur la banquette arrière le plastique contenant les couches, et elle l'a rejoint avec un sourire forcé. Je les ai vus disparaître dans la boutique, la main de Martha comme posée sur le dos de Kurt sans le toucher vraiment.

J'ai inspecté le moteur. L'espoir a germé en moi qu'il ne tiendrait pas le coup, qu'il rendrait l'âme au premier virage. Je me suis mise à désirer la panne fatale qui mettrait fin à ce voyage. J'aurais aimé disposer de connaissances pour trafiquer cette voiture, je rêvais de piston grippé quand, à côté de moi, une portière de voiture s'est ouverte, puis refermée avec un petit clic assourdi. Plus la voiture était chère, moins elle faisait de bruit. Pour être tranquille, il suffisait d'avoir les moyens.

Un type aux muscles saillants a ébouriffé d'une main les cheveux de la gamine comme s'il voulait les lui arracher par poignées, tandis qu'elle continuait de regarder droit devant elle, impassible. De l'autre, il lui a fourré une barre Kinder dans la bouche, et il a démarré le moteur. Silencieusement, la voiture est passée à côté de moi pour rejoindre l'A7. Il n'est resté que le sentiment minable de ma propre lâcheté.

« On aurait dû prendre la fille avec nous, ai-je dit à Martha, qui me tendait un bidon d'huile.

– C'était une gamine.

– Justement.

– Tu ne peux pas prendre aux gens leurs gamins. Même si tu en as très envie. C'est contraire à la loi.

– Ça aurait été un petit crime pour mettre fin à un grand.

– C'est comme ça que commencent les guerres.

– Là-dedans ! a lancé Kurt derrière moi, en tapant sur le réservoir d'huile avec sa béquille.

– Tu n'as pas le droit de fumer ici, a dit Martha. C'est une station-service.

– Bah, des bobards à la mode, tout ça. Avant, les pompistes travaillaient la clope au bec. Et même s'ils me voyaient, tu veux qu'ils me fassent quoi ? »

Adossé à la Golf, bière et cigarette à la main, il avait la raison de son côté : le monde pouvait aller se faire cuire un œuf.

J'ai versé un litre dans le réservoir, vérifié le niveau, ajouté encore un litre, puis encore un. Cette voiture était accro à l'huile. Quand nous avons repris la route, j'ai écouté avec satisfaction le bruit du moteur lubrifié.

« Vraiment, vous n'en voulez pas ? a demandé Kurt. J'ai acheté exprès des bières en plus.

– Pas au volant, ai-je dit, et Martha a jugé bon de signaler encore une fois que c'est elle qui avait acheté les bières en question.

– Pas une seule dette, a dit Kurt. Je ne te laisse pas un centime de dette. Le solde est à zéro. Et tu peux bien sûr garder la voiture. Sans compter qu'il y a aussi la chaîne stéréo, une Kenwood !

– On parle d'un radiocassette CD, a dit Martha.

– Mais de qualité supérieure.

– Plus personne ne veut de ces vieilleries.

– Ça, je n'y peux rien. Tu pourrais tomber sur un collectionneur.

– Admettons. Mais je ne veux pas en parler, là. D'ailleurs, je ne veux pas non plus que tout ça arrive. C'est quoi, ce plan, en fait ? Fumer, boire de la bière, la Suisse et mourir ? »

Kurt s'est contenté d'un geste de la main, comme si l'on pouvait repousser les questions aussi simplement qu'on chasse les mouches.

« S'il n'y avait pas eu les femmes, a-t-il repris tout à trac, je serais un homme riche. Elles m'ont toutes plumé. Ta mère, par exemple. Elle m'avait offert un appareil photo pour notre mariage et, après le divorce, elle a voulu le récupérer. Vous imaginez un truc pareil ? »

Il a secoué la tête pour étayer ses dires. Nous avons gardé le silence.

« C'est bien les femmes, ça, a-t-il poursuivi. Il suffit qu'on les aime pour qu'elles vous fassent la peau. Pas toi, Martha, bien sûr. Quant à vous, Betty, je n'en serais pas si sûr.

– Ça fait cent fois que tu me racontes cette histoire qui date de plus de trente ans, a dit Martha. Depuis plus de trente ans, l'un et l'autre, vous rabâchez, et pas une seule fois, pas une, vous n'avez eu un mot gentil l'un pour l'autre. C'est un miracle que j'aie osé me marier.

– Ou bien une sottise », a répliqué Kurt.

Ce n'était ni l'un ni l'autre. En vérité, Martha et Henning avaient décidé de se marier pour pouvoir prétendre au remboursement de la procréation médicalement assistée par l'assurance maladie. Privilège réservé aux couples mariés et aux épouses de moins de quarante ans. Pour Martha, l'horloge tournait. S'ils n'y parvenaient pas sous six mois, ils auraient le choix entre rester sans enfant et se ruiner. Au pire, ils auraient droit aux deux.

« Maintenant ça suffit, Kurt ! » Martha, tournée vers son père, tirait en vain sur sa ceinture de sécurité, qui l'étranglait un peu plus à chaque mouvement.

« Gare à toi, fillette, c'est tout ce que je dis. De nos jours, les femmes aussi peuvent se faire plumer par leurs maris. Tu finiras par lui payer une pension pour qu'il continue à gribouiller ses dessins.

– Ce ne sont pas des dessins, ce sont des films d'animation.

– Pour ça, tu peux dire merci à ta mère et aux autres bonnes femmes ! »

Kurt s'échauffait. « Émancipation. Épanouissement personnel ! Quelles conneries ! Ta mère s'est tellement épanouie qu'elle ne voyait même plus les autres gens sur terre. Et pour en arriver où ? À épouser un chauve débile plein aux as ! Tu me diras, je n'avais plus besoin de payer, au moins. »

Je me suis concentrée sur ce que je faisais – conduire, toujours plus vite. Kurt n'était pas un mauvais bougre, il n'était simplement pas de taille à affronter cette époque, elle l'avait submergé, et personne ne l'avait préparé à ça.

« Qui est-ce qui les a financées, toutes ces suffragettes, qui est-ce qui leur a payé leurs salopettes ? Les ex-maris ! Et ça se balade dans une Coccinelle flambant neuve, avec la pilule dans la boîte à gants, hop, en route pour la France. Les enfants chez la grand-mère. Et quand on est à court d'argent, on convole presto en justes noces, avec une couille molle diplômée. »

J'ai appuyé à fond sur la pédale, une petite colère dans le pied droit, un soupçon de compréhension dans le gauche. Je n'étais plus à la hauteur de cette époque, moi non plus – une impression qui s'était manifestée peu après mes quarante ans et qui, depuis, se confirmait chaque jour, quand je regardais de chez moi la fiesta battre son plein sous mes fenêtres.

Martha respirait à petites bouffées saccadées. À l'intérieur, la pression avait visiblement atteint des sommets et cherchait coûte que coûte une soupape par laquelle s'échapper. Finalement, elle a attrapé une cigarette et l'a fumée avec ce chuintement agacé dont seuls sont capables les non-fumeurs.

« Si tu continues, je te sors de la voiture, Kurt », a-t-elle dit, et il lui a fait remarquer que c'était *sa* voiture, du moins encore pour aujourd'hui.

* * *

L'hôtel semblait luxueux sur internet, mais dans la réalité, nous avons trouvé un hall sombre et exigu, un bar fermé, une piscine sale et des chambres pas encore prêtes. Kurt a commencé par filer aux toilettes. Malheureusement, nous a-t-on dit, la façade était en rénovation. Qui disait rénovation disait aussi : vue sur un échafaudage plutôt que sur le lac de Constance, et ballet d'ouvriers au moment où Kurt ouvrirait les yeux pour la dernière fois.

C'était ce que Martha était en train d'expliquer au jeune homme de la réception : son père était forcé de passer sa dernière nuit ici, dans cet hôtel, sa vraie dernière nuit, presque aussi importante qu'une nuit de noces, peut-être même plus. Elle lui a demandé s'il avait déjà songé à ça. S'il pouvait seulement se représenter une chose pareille. S'il lui était même déjà arrivé de réfléchir un tant soit peu dans sa vie.

Le jeune homme a regardé dans ma direction, apparemment en quête de soutien, mais je me suis contentée d'opiner du chef, sans savoir si je me rangeais par là du côté de Martha ou du réceptionniste. Il le regrettait bien, a-t-il déclaré, mais la maison n'était pas équipée pour le séjour de clients si déprimés, encore moins hors saison. Bien entendu, il ferait monter une bouteille de mousseux dans la chambre, ainsi que des fleurs si nous le souhaitions, et la maison offrait également les cacahuètes, mais pour ce qui était d'une dernière nuit, on manquait de ressources, et de deux étoiles supplémentaires, a-t-il dit avant de proposer d'annuler sans frais les deux chambres et d'effectuer une réservation au palace situé sur la rive opposée.

« Je ne vais pas me mettre aux palaces le dernier jour, a grogné Kurt, revenu de son expédition aux toilettes en un temps record. Vous avez la télé ? » C'était tout ce qu'il voulait savoir. « La miss Maischberger passe tout à l'heure à l'antenne, a-t-il dit à Martha, je ne rate jamais son talk-show. Elle en a dans la caboche, cette bonne femme. »

La routine, surtout pas de grand tralala. Martha s'est abstenue de tout commentaire. Kurt l'a regardée.

« C'est ce que je veux, a-t-il dit. Et surtout pas commencer maintenant une nouvelle vie. »

Par son sourire il semblait s'excuser de cette vie où tout ne lui était arrivé que par inadvertance. Une vie qui avait été la sienne sans qu'il s'en rende compte.

Après avoir déposé nos affaires dans les chambres, nous avons demandé une bonne adresse de restaurant où nous avons traîné Kurt, et nous avons pris du porc braisé dont il a laissé la moitié. Au-dessus de sa tête pendait un cœur en pain d'épices avec des lettres en glaçage blanc qui disaient : « Tant qu'il y a de la vie, il y a de l'espoir. »

J'ai commandé un autre demi-pichet de riesling, la vue donnait sur une statue de lion illuminée, sur les eaux lisses du lac, sur des bateaux à quai baptisés *Constance* ou *Lindau*. Rien ne venait troubler cette idylle – sauf nous.

« C'est bien joli, a dit Kurt. Ça me fait penser au lac Majeur. Vous y êtes déjà allées ?

– Non, ai-je répondu puisque Martha ne faisait même pas mine de réagir.

– Hemingway y a passé sa convalescence de blessé de guerre, a dit Kurt. À Stresa. Vous connaissez Hemingway ? Un dur. Il n'écrivait que debout.

– Parce qu'il avait mal au dos, a dit Martha.

– Non, ai-je dit, parce qu'il avait des hémorroïdes.

– Il avait des hémorroïdes ?

– Oui, la guerre d'abord, et après Cuba, la nourriture trop épicée. Le pauvre bonhomme pouvait à peine poser ses fesses.

– C'est quand même dingue que tu méprises tous les autres écrivains, y compris les morts !

– Vous écrivez aussi, Betty ?

– Allongée.

– Tiens, c'est intéressant. Chez vous, ça ne se voit pas.

– C'est parce qu'elle ne travaille quasiment pas, est intervenue Martha.

– Et on peut en vivre ? a demandé Kurt.

– Non, ai-je répondu. Je suis morte depuis trois ans. »

Sous la table, Martha m'a envoyé un coup de pied dans le tibia, mais Kurt a ri. « Les morts, a-t-il dit, ce sont les meilleurs. Ceux que j'ai fréquentés jusqu'à présent ont toujours été très zen. »

Il a pris une nouvelle gorgée de sa bière et s'est calé contre son dossier. « Eh oui, le lac Majeur, a-t-il repris. J'y retournerais bien.

– Mais… », Martha cherchait les mots justes. « Je croyais que tu voulais mourir ?

– Au fond, je préférerais peut-être me reposer un peu, avant.

– C'est la morphine, m'a soufflé Martha. Ça le rend cinglé.

– C'était quand, ce voyage au lac Majeur, Kurt ?

– Quand j'étais jeune. Je devais avoir vingt-cinq ans. Avec ma première petite amie. Francesca. Je n'étais pas du genre précoce, j'étais timide, et avec ces grosses lunettes… Les filles ne se bousculaient pas au portillon. Et puis Francesca est arrivée. Elle était à moitié italienne. Du moins à ce que prétendait sa mère. Elle n'a jamais connu son père. Elle est née vers la fin de la guerre, c'était un de ces bazars à l'époque.

– Tu n'as jamais parlé d'elle. »

Martha paraissait outrée.

« Figure-toi que même moi, j'ai eu une vie avant de rencontrer ta mère, a-t-il dit. Surtout à cette époque. J'avais l'air d'un Sicilien, tu sais, j'avais encore les cheveux bruns, bouclés. Les gens me prenaient pour un mafioso. C'était loin d'être un atout. Sauf avec Francesca. J'ai passé le permis exprès pour elle, et j'ai acheté une voiture, une Opel Kadett d'occasion ; elle voulait absolument aller en Italie, elle voulait tout voir, Gênes, Florence, Rome, rouler jusqu'à Naples. Mais pas Venise, qu'elle trouvait trop romantique. Ça, on le garde pour notre voyage de noces, c'est ce qu'elle disait. »

Kurt a fait signe qu'on lui apporte une autre bière, ses yeux s'étaient teintés de cette lueur particulière, une lueur d'alcool et de nostalgie mêlés, quand l'humeur soudain chancelle.

« On n'est pas allés plus loin que Stresa. Premier amour, premières vacances, et puis voilà, c'est la vie.

– Que s'est-il passé ? »

Il était si facile de croire qu'on connaissait ses parents et d'oublier qu'eux aussi, un jour, avaient eu une jeunesse, des désespoirs, même s'ils avaient dû y mettre fin bien vite parce que nous arrivions, ce qui, sans occulter le désespoir, achevait en tout cas ce qu'on entend par « jeunesse ». Devenir adulte se résumait à deux choses : la naissance du premier enfant et la mort des parents. Martha en était presque là.

« Elle m'a planté, a raconté Kurt. Dans un petit restaurant. Elle m'a laissé tomber pour un Italien, un vrai, avec toute la panoplie, le polo, la chaîne en or, le bateau. C'est sûr qu'avec mon Opel, je pouvais aller me rhabiller. Ce type s'est simplement assis avec nous, et il me l'a piquée. Et moi, je n'ai rien fait, je n'ai pas viré le type ni cherché à la retenir. "Eh bien, va-t'en", j'ai dit. Le lendemain matin, elle s'est glissée dans la chambre d'hôtel, et elle a bouclé sa valise. "Prends soin de toi, mon cher Kurt", voilà ce qu'elle a dit, et elle a disparu. »

Il a bu une grosse gorgée de bière.

« J'ai continué seul jusqu'à Gênes, et j'ai pris racine dans les bars. Prends soin de toi, tu parles, j'ai fait tout le contraire. Comme si ça pouvait l'énerver. Gênes, c'est une ville bruyante, nauséabonde. Des Vespa partout, des poubelles, des bars, des fous. À l'époque, c'était la cour des Miracles. Des putes à chaque coin de rue. C'est ce qu'il y a de mieux dans les ports, les putes. Et partout de la drogue. »

Je connaissais ces villes, on y vivait comme si on allait lever l'ancre le lendemain matin. Les villes portuaires étaient le royaume de la dernière nuit. À la dernière nuit succédait une autre. Et le bateau ne levait jamais l'ancre.

« Et tu as envie de retourner justement là-bas ? a demandé Martha. À Stresa ? Dans la ville où on t'a planté ?

– Je ne sais pas, a dit Kurt, c'était il y a si longtemps. C'est ça, le pire. On n'arrête pas de penser à sa jeunesse. Aux moments où on a fait le mauvais choix, où la vie a pris un tournant tandis qu'on restait immobile. »

Martha et moi avons hoché la tête tristement, sans doute résolues à aborder la fin de notre vie avec moins de regrets.

Il avait mis du temps à comprendre qu'on n'échappait pas à ses origines, a-t-il ajouté, qu'on se contentait de décliner les erreurs de ses parents et qu'au fond, chaque génération se révélait plus douée que la précédente pour merder et se gâcher la vie. Mais il fallait laisser le moins de dégâts possible derrière, et s'il avait un conseil à nous donner, c'était bien celui-là. « Ne vous rendez pas coupables », a-t-il dit, et il a vidé son verre.

* * *

Entre nos deux lits, une table de nuit en pin, dessus, un téléphone sans doute inutilisé depuis des années. Les deux petits cœurs en chocolat rance posés sur nos oreillers avaient fini dans nos estomacs, le minibar n'offrait que trois bouteilles d'eau minérale et un sachet de cacahuètes. Martha a jeté un coup d'œil frustré dans le minuscule réfrigérateur et appelé de ses vœux un gin-tonic. Elle n'en avait plus bu depuis des lustres, a-t-elle dit. Nous devions être des gamines quand nous croyions encore qu'on pouvait venir à bout de la nuit avec un cocktail.

« On va au lac Majeur ? » ai-je demandé comme si c'était réellement une option. Martha m'a regardée, l'air pensif.

« Ça remonte à cinquante ans. Cinquante ans – ce n'est pas le bon vieux temps, ce ne sont pas des souvenirs, c'est une projection, rien d'autre. Je n'ai encore jamais entendu parler de cette femme. Et puis regarde-le, il crache du sang, il se pisse dessus, il est sous morphine. Est-ce que ce serait vraiment lui rendre service ? »

Étrangement, moi qui d'habitude ne retenais jamais une ligne, j'ai repensé à un vers de Pablo Neruda. Dans un poème que j'avais dû lire à l'adolescence, à l'époque où les lectures pouvaient encore s'ancrer en moi.

« "Ne vaut-il mieux jamais que tard ?" ai-je cité, ce qui manquait tellement de poésie que Martha a pensé que c'était de moi.

– C'est toute la question. »

Elle s'est allongée sur le lit, et comme il n'y avait rien à boire, elle s'est mise à gratter le papier peint granuleux avant de reprendre : « C'est curieux, non ? Moi, je n'aurais vraiment aucune envie de retourner à l'endroit où un type m'a plantée. Dès les premières vacances, en plus. C'est le comble du masochisme, quand même. Je vois mieux d'où ça vient chez moi. »

Elle ne comprenait pas pourquoi les choses nous apparaissaient clairement si tard, trop tard, en fait. « Quand tout est clair, c'est qu'on est mort, a-t-elle dit.

– Il veut peut-être vérifier qu'elle est malheureuse aujourd'hui. Avec un marin d'eau douce qui cabote sur le lac Majeur, chaîne en or autour du cou, on ne peut être que malheureuse.

– À condition qu'elle soit encore en vie. Ou qu'elle vive encore là-bas.

– C'est peut-être justement ce qu'il essaie de savoir ?

– Tu parles, a dit Martha en secouant la tête. Il dort. Il a bu ce qu'il faut pour dormir. Il ne veut rien savoir du tout. Et moi non plus, d'ailleurs. Je ne suis pas venue au monde pour sauver mes parents. Même si c'est ce qu'ils avaient en tête.

– Et ta mère, elle est au courant ?

– Pour Francesca ?

– Non. Que tu l'amènes en Suisse.

– Je lui ai dit, oui.

– Et alors ?

– "C'est bien lui, ça" – voilà ce qu'elle a dit. "Il s'est toujours débiné. Et maintenant il n'est même pas capable de mourir comme un homme." Tu imagines ? "Mourir comme un homme." Comme si les hommes devaient mourir en homme. Ils peuvent bien mourir comme les autres. Ou ne pas mourir, peu importe comment.

– Tu crois qu'ils se sont aimés un jour ?

– Ils ont peut-être eu besoin l'un de l'autre. Je ne sais pas. Et franchement, je m'en fiche. »

Depuis la chambre voisine, nous avons entendu le bruit de la chasse d'eau. Quel que soit l'hôtel, les cloisons entre les chambres étaient si fines que je ne pouvais pas m'empêcher de me sentir observée, y compris dans mon sommeil. On n'était jamais isolé, mais on était toujours seul.

« Tu n'aurais pas un truc à fumer, par hasard ? a demandé Martha.

– Non, ça fait des années que je n'ai plus rien fumé. Je ne saurais même plus où me fournir.

– Au pire, il y a le parc, a-t-elle dit comme si elle y faisait régulièrement ses emplettes.

– La dernière fois que j'ai traversé le Görlitzer Park, on ne m'en a même pas proposé. C'est là que tu te sens vraiment vieille, quand les dealers ne te calculent plus. »

Mais Martha avait entendu dire que ça allait changer aussi.

« Quand on aura soixante ans, on sera de nouveau dans la course.

– C'est quand même absurde, non ? À l'âge où on arrête les drogues, c'est là qu'on en aurait le plus besoin. » Et à cet instant, je me suis rappelé que je n'avais pas pris mon cachet le matin. La drogue ne faisait que changer de nom. Je suis allée à la salle de bains pour avaler un citalopram.

Je n'avais pas dit à Martha que j'en prenais encore. C'était elle, environ deux ans auparavant, qui m'avait tirée de mon lit et amenée chez un médecin. À ce moment-là, je n'arrivais qu'à hocher la tête ; la parole ne fonctionnait plus vraiment, j'avais perdu l'usage de ma voix depuis longtemps. Avec la dégaine que tu as, tu n'as pas besoin d'en dire long, avait-elle décrété, et elle m'avait traînée dehors, où le soleil m'avait pointée du doigt et jeté à la figure un printemps radieux comme si je savais qu'en faire.

Ce n'est rien du tout, avais-je dit au médecin. Mais quant à lui expliquer pourquoi j'étais assise face à lui, pourquoi on avait dû m'amener jusque-là, j'en étais bien incapable. Comment pouvais-je m'installer à la place du patient et déclarer : Je n'ai mal nulle part. Sans avoir pris rendez-vous. Il m'avait observée. J'étais avachie sur la chaise comme une octogénaire, j'avais du mal à me tenir droite.

Depuis quand avez-vous des problèmes pour dormir, des problèmes pour vous concentrer, pour travailler ? Pour vous lever ? Est-ce que vous vous lavez ? Est-ce que vous faites les courses ? Est-ce que vous mangez ? Vous avez des envies suicidaires ? Des envies de meurtre ? Rien que des questions. Je ne savais pas depuis quand ça durait. Six, sept mois peut-être. Pas si longtemps donc, avais-je dit, non, ça allait passer, à coup sûr. Tout finissait toujours par passer.

Solide, avait-il lancé, une solide dépression, et je n'avais pas compris cette formulation parce que plus rien dans ma vie ne me paraissait solide, tangible, palpable. J'étais repartie avec une ordonnance et des instructions pour augmenter progressivement la dose. Pour vous remettre en état de marche, avait-il dit, et j'avais avalé la pilule, chaque jour. Au bout d'une semaine je m'étais levée, au bout de deux semaines j'étais sortie, et personne ne semblait avoir souffert de mon absence. Depuis, j'allais chercher mes médicaments tous les trois mois, sans jamais avoir revu le médecin. Un sentiment avait germé en moi à cette époque, qui s'est affirmé et ne m'a plus quittée : plus j'en savais sur moi, moins je pouvais me faire confiance.

« Tu devrais arrêter, a dit Martha. Tu ne vas pas bouffer ces pilules jusqu'à la fin de tes jours. Tu n'as plus écrit de livre depuis que tu les prends.

– Avant de les prendre, je n'avais écrit qu'un seul livre, je te rappelle.

– Raison de plus, le moment est venu d'en faire un autre. »

C'était un comble, à vrai dire, que Martha se lance dans cette discussion justement cette nuit. Je voyais bien qu'elle-même était en train de se défiler, de prendre la fuite. L'une et l'autre, nous avions pas mal d'expérience en la matière, encore que Martha soit de nous deux la plus difficile à retenir. Quand elle avait décidé d'esquiver une situation, même urgente ou imminente, elle disparaissait. Quand elle ne voulait pas parler d'elle, elle faisait parler les autres. On redoutait son entêtement. Personne n'avait envie de la voir lorsqu'elle était empêtrée dans ses problèmes. À la fin, on se retrouvait à être celui qui avait une vie pourrie. Martha faisait face à son interlocuteur, presque triomphante, comme pour dire : Tu vois, regarde-toi un peu avant de me donner des conseils.

« Je n'ose pas, ai-je dit, j'ai peur que ça recommence.

– L'écriture ?

– La tristesse.

– Il y a peut-être un lien entre les deux.

– Évidemment. Tout est lié, c'est bien le souci.

– Les autres, ils font comment ?

– Quels autres ?

– Les autres écrivains ? Tu connais bien d'autres écrivains, non ? »

Mon entourage ne comptait presque plus que des écrivains, et Martha se faisait un plaisir de me charrier là-dessus. « Il est temps que tu voies à nouveau des gens normaux », disait-elle souvent. Alors j'allais m'entraîner à la salle de sport, apporter mon dossier aux impôts, voir un film au multiplexe, faire du shopping chez Karstadt, boire un verre au bar du coin, au Billard Eck ou à l'Oase, j'y passais des jours et des nuits, à l'issue desquels je rentrais chez moi chancelante, en me promettant de rester désormais à distance de ces gens normaux, décidément tous bizarres. C'était bien ce qui faisait d'eux une source d'inspiration idéale. Quand on n'avait plus d'idées, il suffisait de s'installer dans un bistrot et de laisser tourner le dictaphone. J'avais passé la moitié de ma vie entourée de ceux qu'on appelait les gens normaux, j'étais contente de m'en être débarrassée. Mes origines sentaient mauvais, j'en portais les traces indélébiles, et il n'était pas rare que cette puanteur soit confondue avec un côté cool. Mais quand on avait passé sa jeunesse accoudée aux comptoirs les plus glauques de

Sankt Pauli, parce que traîner dans un quartier chaud de Hambourg était toujours plus supportable que de rester à la maison, on n'était pas cool, on était surtout bien abîmé.

Martha le savait, même si je ne l'avais rencontrée qu'après. Toutes les rencontres dataient d'après. La rupture avec mon passé avait été si radicale que je ne voyais même pas quel profit j'aurais pu en tirer, même si on me le conseillait régulièrement. Il faudrait pourtant bien que je tire profit de quelque chose, et sans trop tarder.

« Les autres marchent à la coke, au gin ou à la Ritaline maintenant, ai-je dit. Il paraît qu'avec, on peut écrire vingt pages d'affilée. À condition de ne pas être de ceux qui en ont besoin de toute façon.

– Ah.

– Il y en a aussi qui travaillent, à jeun je veux dire. Ils écrivent le matin. Chaque matin, quand les enfants sont partis. Et leurs livres ressemblent aussi à ça, après.

– C'est-à-dire ?

– Ils sont bien propres. Ils plaisent à tout le monde.

– Ce n'est pas si mal, a dit Martha.

– Mais ça n'a aucun sens. En tout cas pas pour moi. Tu écris quoi quand des bombes explosent chaque jour, quand les gens se font sauter, foncent en poids lourd sur des piétons qui, l'instant d'avant, essayaient d'être heureux ? Quand des petits gars prennent le train régional armés d'une hache ou se baladent au supermarché avec un Glock ? Quand les tanks entrent dans les villes où habitent des amis ? Tu écris quoi quand tu vois soudain à quel point le monde est inintelligible, totalement inintelligible, quand tes certitudes s'effondrent, quand tu comprends que la bulle dans laquelle tu vis est une bulle, et qu'elle peut éclater à tout moment ? »

Je ne pouvais plus m'arrêter, j'étais sur le pied de guerre. Et j'en avais plus d'un, j'en avais même plus de deux. De nos jours, deux pieds ne suffisent pas pour tenir debout.

« Tu écris quoi quand tout ce que tu connais te semble banal, quand tu jurerais que le malheur ne fait que commencer, que s'annoncent des temps dont tu n'as pas la moindre idée ? Quand tu comprends que tu ne maîtrises pas une seule technique de survie, que tu ne serais même pas capable de soigner des blessés, que tu ne sais pas te déplacer sans ton GPS ? Quand tu ne peux pas piloter un avion, ni te servir d'une arme, ni supporter la vue du sang ? Dans les moments de lâcheté, tu considères encore l'amour comme le seul salut possible. Tu veux écrire quoi quand ce que tu crois savoir provient de gens qui ne comprennent plus rien non plus ? Quand tu regardes le journal télévisé, que le reporter parle de situation confuse, d'informations contradictoires, avec en arrière-plan des drapeaux, des tanks, des cris, des hélicoptères, des patrouilles, qu'il perd son oreillette baignée de sueur, que l'image vacille, pas parce que l'image vacille, mais parce que le cameraman ne tient plus sur ses jambes, et que la présentatrice tchatte en direct avec un président planqué, et que tu te ressers du vin puisque tu ne peux pas y croire ? Tu veux écrire quoi, hein ? Écrire, c'est avoir du temps, se tenir à distance, et comprendre, et sonder, rien de tout ça ne figure dans le contrat, et personne ne te le paye, ça, le temps qu'il te faut pour comprendre. »

Dans le lit jumeau, Martha ne disait plus rien, mais je n'avais pas encore terminé, j'en remettais une couche.

« Alors tu te lances dans l'aide aux réfugiés, ou tu mets des paillettes et tu disparais sur la toile. Dernière possibilité : le repli sur la sphère privée. Mais encore faut-il l'avoir, la sphère privée, et comme toujours quand tout se casse la gueule, les gens font des enfants à tour de bras, pour se raccrocher à eux, pour continuer, pour tenir le coup, et c'est très bien d'avoir une priorité, encore mieux si c'est un être humain. Mais nous n'avons pas tous cette chance, et c'est rarement de notre faute. Il n'y a presque plus rien qui soit de notre faute, à la place nous avons les circonstances, les gènes. Tu sais, ai-je dit pour finir, ton père, je l'envie un peu. C'est un bon moment pour être assez vieux et mourir.

– Dis donc, a dit Martha en se tournant vers moi, tu es sûre qu'ils servent à quelque chose, ces cachets ?

– Très drôle. Reste à savoir ce que ça donnerait sans. »

L'espace d'un instant, j'avais oublié que Henning et Martha essayaient d'avoir un enfant, que Martha était bourrée d'hormones depuis dix-huit mois, qu'elle avait derrière elle trois fausses couches et que la prochaine tentative était pour bientôt. Je l'oubliais régulièrement parce qu'elle n'en parlait plus. L'impuissance et la souffrance que nous portions en nous, qui chaque jour nous hantaient et nous consumaient lentement, nous n'en parlions plus.

« Qu'est-ce qu'on fait s'il veut vraiment aller à Stresa ? »

Martha avait joint les mains sur la couverture, comme dans un pensionnat catholique. Le regard rivé au plafond, elle était étendue sur son lit si droite et raide que, même dans l'obscurité, je la savais crispée.

« Je suis le chauffeur, ai-je dit. Je roule. Peu importe la destination.

– Ce serait bien. Rouler au hasard, encore quelques jours, quelques semaines, quelques mois. Se balader sans but. Juste un verre de vin, avec une vue sur n'importe quelle vallée, parler un peu, se taire un peu, rien d'autre. J'aimerais ne pas avoir besoin de plus.

– Oui, ce serait bien.
– Oui.
– Martha ?
– Oui.
– Qu'est-ce qui va se passer demain ?
– On va en Suisse.
– Tu sais bien ce que je veux dire.
– De ce que j'ai compris, ça a lieu dans un appartement, a-t-elle dit. Avec des employés, un médecin. Kurt va s'allonger sur un lit, on va se dire au revoir, ensuite je sors et j'attends devant la porte. Derrière la porte, ils vont dissoudre quinze milligrammes de cette poudre dans de l'eau, du pentobarbital de sodium. Il paraît que le goût est infect. En quelques minutes, il tombe dans le coma, au bout d'un quart d'heure, il cesse de respirer. Voilà. On rentre à Berlin. L'enterrement doit avoir lieu la semaine prochaine, vendredi, il sera incinéré et l'urne enterrée sans pierre tombale. C'est le programme. »

Martha s'est tournée brusquement.

« Punaise, je boirais bien un petit digestif, a-t-elle dit. Du porc braisé, je te jure, comme si ce n'était pas déjà assez lourd, tout ça.
– J'ai des cachets pour l'estomac.
– Ben voyons. Ton estomac déprime aussi ? »

Dans l'obscurité, j'ai senti son regard posé sur moi.

« C'est quand même bizarre, a-t-elle dit, la seule chose qu'il ait vraiment planifiée dans sa vie, c'est sa mort. Le reste s'est seulement produit, ou plutôt ne s'est pas produit. Comme s'il n'avait pas voulu plus.
– Ce qu'on désire le plus, ai-je dit, c'est souvent ce dont on a le moins besoin.
– Je crois qu'il n'a pas osé vouloir plus. Ça ne faisait pas partie de son éducation. Il n'est pas courageux, il n'est pas fort, il est seulement coriace. Enfin, je ne sais

pas. Au fond, je ne sais de lui que ce qu'il me raconte. C'est normal, à ton avis, que nos propres parents nous paraissent si lointains ? »

Je n'en savais rien, je savais simplement que c'était pareil chez moi et chez la plupart des gens que je connaissais. Et encore, cet éloignement pouvait entrer dans la catégorie des bonnes relations, à la différence du mépris qui avait germé le plus souvent à la puberté et qui, pour certains, s'était consolidé. Nous ne nous étions jamais donné la peine de comprendre nos parents comme nous le faisions avec nos amis. Et les parents qui se comportaient en amis, nous les comprenions encore moins. Je me disais que ça allait s'améliorer. À chaque nouvelle génération, ça allait s'améliorer, je voulais y croire, même si je n'étais plus en lice pour participer à cette amélioration.

Martha et moi, nous n'avons pas beaucoup dormi cette nuit-là. Nous écoutions l'autre respirer, nous écoutions le doute et la crainte, sans plus pouvoir rien dire.

* * *

« Allez, on y va. »

En descendant, nous avons trouvé Kurt assis dans le hall, prêt à partir. Douché, valise faite, petit déjeuner pris. Il avait meilleure mine que la veille, paraissait presque reposé. Quelques heures seulement le séparaient du but, et je me disais qu'une telle perspective pouvait effectivement avoir des vertus apaisantes.

« Vous avez vos passeports ? a-t-il demandé.

– C'est la Suisse, pas besoin de passeport.

– Pour l'instant, a-t-il dit. Mais ils peuvent fermer la frontière derrière nous n'importe quand, je vous le dis. Il ne faudrait pas que vous restiez coincées.

– Ce n'est pas notre genre. Ne t'inquiète pas, Kurt », et sur ces mots, Martha a attrapé la valise qu'elle a portée jusqu'à la voiture.

Chacun a pris sa place comme si nous voyagions depuis des semaines, Kurt a baissé sa vitre, et j'ai tourné la clé dans le contact. J'ai interrogé du regard Martha, qui m'a simplement rendu mon regard.

« Et le café ? ai-je demandé. Il me faut un café. Le petit déjeuner, je m'en fiche, mais sans café…

– Station-service », a-t-elle seulement dit.

Le moment était mal choisi pour les besoins personnels. Il m'arrivait de tout mélanger et de croire que, quand j'allais bien, les autres allaient forcément mieux.

« *Tournez à gauche dans cinquante mètres* », a dit une voix, et Martha a agrandi la carte sur son téléphone, puis haussé les épaules.

Après le virage, nous avons débouché sur une rue piétonne. Nous avons longé des cafés, des boutiques qui exposaient à l'extérieur des œuvres d'art, des portants avec des vestes trois en un à trente pour cent de réduction. J'ai manœuvré autour d'un stand de confitures maison et de fruits et légumes ; des gens qu'on qualifierait de badauds se sont plaqués contre les façades en distribuant insultes ou regards sidérés, des réactions apparemment aussi bien rodées l'une que l'autre. Mes mains, sur le volant, étaient moites.

Au bout de dix minutes et trois cents mètres en zone piétonne, nous sommes arrivés dans la rue principale qui crânait avec un panneau indiquant l'autoroute.

« Il faut croire qu'on a pris le chemin le plus court », a dit Martha.

À la station-service suivante, elle m'a offert un café à la machine, j'ai petit-déjeuné d'un KitKat et de deux cigarettes, et Kurt a avalé huit sortes de comprimés d'un seul coup. S'accrocher à la vie quand elle ne vous apportait plus rien depuis belle lurette était à la limite de l'idiotie, a-t-il dit. Et ce truc, là, sur les petites joies, c'était juste pour vendre des livres de développement personnel et maintenir à flot les communautés religieuses. De la fumisterie, voilà ce que c'était. Quand il voyait un enfant rire aux éclats sous le soleil, il avait envie de pleurer. Pauvre créature, pensait-il alors, tout ce qui l'attend encore. À part fumer, a-t-il dit, plus rien ne lui faisait plaisir. Kurt voulait dépenser ses derniers deniers dans un paquet de cigarillos, il ne s'en était pas offert depuis dix ans.

Il a rejoint à la caisse Martha, partie acheter une vignette, qui regardait les prix affichés d'un air incrédule.

« Elle coûte combien ? s'est exclamé Kurt. Trente-cinq euros ?

– Mais après, elle est valable un an, a dit l'homme derrière le comptoir.

– Vous êtes drôle, a dit Kurt. On va en Suisse pour y mourir, et on se retrouve avec une vignette valable un an. Tiens, Martha, vous devriez monter une affaire, Betty et toi, maintenant que vous avez l'autocollant. C'est bien la Suisse, ça », a-t-il marmonné en se faufilant à l'extérieur pendant que Martha payait.

* * *

Le lac de Constance scintillait dans le rétroviseur, il scintillait vraiment et, comme chaque fois que je voyais de beaux paysages dans un rétroviseur, la tristesse me gagnait. J'avais toujours eu du mal à quitter la beauté. Ça demeurait moins difficile que d'être quittée, bien sûr, mais qu'un paysage vous quitte, ça n'arrivait quand même pas si souvent.

La route montait et montait encore, trois heures nous séparaient de notre destination, et j'avais l'impression que le temps ruisselait le long de la pente. Personne ne parlait, nous n'avions pas mis de musique parce que nous ne savions pas ce qui aurait pu convenir et que, ces moments-là, il fallait les supporter en silence. La liste noire des titres que je ne pouvais plus écouter, associés à des souvenirs qui faisaient trop mal, était déjà suffisamment longue. Même le moteur se démenait en sourdine, sans se plaindre alors qu'il souffrait.

Les tunnels s'allongeaient et, au bout d'une nuit de mille mètres, un téléphone portable a émis un bip. Il ne provenait pas du mien. Ni de celui de Martha, mais du téléphone rangé dans la poche de la veste sur la banquette arrière, que Kurt a attrapé, les mains tremblantes.

Il a lu le message en plissant les yeux. Il l'a lu apparemment plusieurs fois avant de dire :

« Arrêtez-vous, Betty, s'il vous plaît. Il faut que je passe un coup de fil.

– C'est un portable, a dit Martha, c'est aussi fait pour téléphoner dans la voiture, c'est fait pour téléphoner partout.

– Mais j'entends mal. Et puis, a-t-il poursuivi avec un regard implorant dans sa direction, je voudrais être seul. Je voudrais être seul et téléphoner tranquille. »

Nous avons franchi trois autres tunnels avant d'apercevoir sur le bas-côté une bande d'arrêt d'urgence où nous avons pu nous immobiliser, tous feux clignotants, et observer ensuite notre urgence faire les cent pas derrière la glissière de sécurité sans trouver le courage de rappeler. Pendant que nous attendions dans la voiture, Kurt parlait aux montagnes. Il cherchait ses mots, testait des phrases, les unes après les autres, secouait la tête, l'inclinait. Soudain, il s'est redressé.

« Il appelle, a murmuré Martha. Tu vois.

– Oui », ai-je murmuré en retour.

Nous avons continué de l'observer à la dérobée, jusqu'à ce que Martha regarde nerveusement sa montre.

« La ponctualité n'a jamais été son fort, a-t-elle dit.

– Il nous a peut-être oubliées. Tu veux que je klaxonne ? »

Au lieu de cela, Martha s'est mise à gigoter sur son siège en agitant la main vers Kurt. Puis elle est descendue de voiture et a avancé dans sa direction, avec une lenteur extrême, comme on approche un animal tout en le rassurant. Kurt lui a jeté un coup d'œil et a fait quelques pas dans la direction opposée. Une file ininterrompue de voitures passait en trombe à côté de nous. Je me demandais bien comment il pouvait parler dans ce vacarme. Pendant plusieurs minutes, ils sont restés tous les deux plantés, Martha regardant la vallée, Kurt le bout de ses chaussures. Rester debout un long moment lui était apparemment difficile, il se voûtait de plus en plus. Je l'ai vu mettre fin à la conversation et garder le téléphone en main, s'y accrocher. Lentement, il s'est tourné vers Martha et est revenu dans notre direction. Une fois assis sur la banquette arrière, il s'est allumé une cigarette. Il respirait avec difficulté, chaque mot prononcé était un mètre parcouru au pas de course.

« Combien ça ferait jusqu'à Stresa, concrètement ? a-t-il demandé à voix basse. C'est très loin ? »

Il regardait de mon côté.

« Non, ai-je dit. Environ trois heures.

– Elle m'a dit de passer.

– Qui ça ? a demandé Martha même si on se doutait toutes les deux de la réponse.

– Francesca. »

Il ne parvenait pas à nous regarder. Un vieux bonhomme, qui avait honte comme un gamin.

« Mais…, a commencé Martha, avec un effort tel pour trouver les mots justes qu'à la fin, il ne restait plus qu'à dire la vérité pure et dure. Mais enfin, Kurt, tu es en train de mourir. Tu prends de la morphine depuis des semaines, tu peux à peine bouger, tu as perdu le contrôle de ton corps, tu craches du sang.

– Martha, je sais tout ça. »

Sans bruit, je suis descendue de la voiture et les ai laissés seuls. J'aurais bien aimé téléphoner à quelqu'un, moi aussi, alors que Kurt devait choisir entre l'amour et la mort, choisir ou pas d'affronter encore une fois, une dernière fois, l'excitation, la douleur. À sa place, je n'aurais pas su. J'aurais peut-être opté pour la paix, le calme, même si jusque-là, je n'avais jamais fait ce choix dans ma vie. J'aurais peut-être pensé que ça suffisait, maintenant, puisque justement ça n'avait jamais suffi, puisque le mal, au fond, avait toujours été plus grand que le bonheur. Et parce qu'il était parfois plus judicieux de renoncer que de se battre. Parce qu'à la fin, il fallait une fin. Comment savoir ? Je pourrais avancer de trois pas sur la chaussée et je serais débarrassée de toutes les questions.

Martha, à son tour, est sortie de la voiture. Elle avait l'air tout aussi perdue.

« Kurt dit qu'elle veut le voir. Et qu'en plus, elle est infirmière. Je ne sais pas si c'est vrai, a dit Martha, mais il semble que ce soit la seule chose qu'il veuille, maintenant.

– Et elle habite toujours au bord du lac Majeur ?

– C'est ce qu'il dit.

– Eh bien, allez, on y va. »

Je n'avais rien de brillant à dire, je n'étais que le chauffeur, le chauffeur de Kurt. Telle était ma mission depuis le début, même si Martha voyait peut-être les choses différemment.

« Je ne sais pas, a-t-elle murmuré au milieu du vacarme des poids lourds. Je ne sais vraiment pas… »

Je l'ai prise dans mes bras pour mieux l'entendre, et j'ai penché la tête vers elle qui, soudain, me semblait plus frêle que jamais, après toutes ces années ensemble.

« Qu'est-ce que tu ne sais pas ? ai-je demandé.

– Enfin, c'est que…, a-t-elle commencé, et elle a ri, désemparée. Tu crois qu'on peut repousser ?

– Repousser quoi ?

– Le rendez-vous. C'est aujourd'hui, le rendez-vous. Tu crois qu'on peut appeler et dire : Aujourd'hui, il n'est pas d'humeur. Il préfère mourir demain ou la semaine prochaine. Est-ce qu'il faut payer deux fois ? Enfin, comment on sait ce genre de choses ? »

Elle a hoqueté, un manque d'air passager, sans plus, puis elle s'est tue. Ce que Martha voulait désormais, c'était que ça cesse. Elle s'appuyait sur ce rendez-vous, s'y était préparée, avait tout sous contrôle – jusqu'au jour fixé. Elle avait tenté de se berner et de me berner, moi, parce que rien d'autre n'aurait été supportable, mais elle ne tiendrait pas le coup plus longtemps. Elle avait calculé ses forces au plus juste. Et maintenant, souhaiter qu'il meure simplement parce qu'elle-même n'en pouvait plus, c'était trop pour Martha.

« Fais quelque chose, a-t-elle chuchoté. Je t'en prie, fais quelque chose. »

Quand tout semble perdu, le mieux est de s'occuper des détails pratiques. L'expérience me l'avait appris, et je lui ai donc dit doucement :

« Donne-moi le numéro. »

Pendant que j'appelais, Martha est retournée à la voiture et s'est assise près de Kurt, sur la banquette arrière. Quand leurs têtes se sont inclinées l'une vers l'autre, ils m'ont fait penser à un couple d'amoureux qui se sépare pour motifs dits raisonnables, et qui pense vraiment que c'est la meilleure solution, même si ça fait mal. Un couple qui comprendra que les décisions qui font mal sont rarement les bonnes, mais seulement plus tard, quand la douleur les aura tellement rongés qu'ils auront l'impression que rien n'est passager, qu'aucun retour en arrière n'est possible.

J'ai épelé le nom de Kurt et entendu à l'autre bout du fil le cliquetis des touches du clavier, le bruissement des feuilles de papier. J'ai répété le nom, répété la date du rendez-vous, en jetant un œil du côté des deux autres, du côté de Kurt, qui fumait maintenant par la vitre ouverte. Kurt, sur qui j'avais manifestement tout faux. Voyant mon regard posé sur lui, il a aussitôt détourné la tête. J'ai dit merci, et j'ai raccroché. Pendant un moment, je suis restée plantée devant les montagnes pour tenter de mettre de l'ordre dans les informations et de démêler les choses.

« On va à Stresa, ai-je dit en montant dans la voiture. Kurt n'a jamais rien voulu d'autre.

– Mais quand est-ce qu'on va à Coire ? Pour le rendez-vous ? Enfin, c'est organisé comment maintenant ? »

La voix de Martha s'était teintée d'un désespoir aigu, et avec toute la délicatesse dont je disposais, j'ai essayé de lui expliquer qu'il n'y avait pas de rendez-vous, que Kurt n'en avait pas pris, que personne là-bas n'avait entendu parler de lui. Qu'apparemment – et j'ai alors regardé Kurt –, il voulait depuis le début gagner le lac Majeur, mais n'avait sans doute pas osé le dire.

Le désespoir de Martha a chaviré.

« C'est une blague ?! a-t-elle crié. Je ne resterai pas une seconde de plus assise dans la voiture avec ce type ! Tu n'as qu'à le conduire jusqu'à ce maudit lac, si ça te chante. Faites ce que vous voulez, je m'en balance ! » Et elle s'est enfuie en courant.

Je l'ai laissée courir, elle n'irait pas bien loin, personne n'allait bien loin sur une bande d'arrêt d'urgence. Kurt était tassé sur la banquette arrière, ramassé sur sa honte.

« J'aurais dû être sincère », a-t-il constaté.

J'ai démarré la voiture, roulant au pas à côté de Martha, les feux de détresse allumés.

« Oui. La vérité est toujours une option.

– Elle n'aurait pas voulu m'amener. Elle aurait refusé et, seul, je n'y serais jamais arrivé. Ce long voyage. »

Il s'est penché à la vitre et a croassé : « Pour que je meure, tu veux bien me conduire, mais pour que j'aime, ça non, jamais !

– Tu ne vas pas nous sortir la carte du pathos en plus, maintenant ! » a hurlé Martha en retour, et j'ai pensé qu'elle avait raison.

Kurt a rentré la tête dans la voiture et dit qu'il trouvait ça vraiment gentil que je sois de son côté, enfin maintenant, ici, qu'il n'oublierait jamais, et il a toussé quelque chose que je préférais ne pas voir.

« Je n'en ai plus pour longtemps, c'est certain, a-t-il dit. Et la Suisse, c'était vraiment ce que je voulais faire. Mais Francesca s'est subitement manifestée. Après tant d'années. Elle est au courant de mon état. Nous nous écrivons des mails depuis plusieurs mois.

– Quoi ? a dit Martha, et elle a regardé son père. Vous vous écrivez des mails ? Mais tu ne sais même pas taper !

– Ça prend juste du temps, a-t-il dit. Avec un doigt. » Et il a dressé l'index comme pour sentir d'où venait le vent.

« Vous savez ce que Francesca m'a dit, Betty ? »

J'ai secoué la tête, et Martha, sur sa bande d'arrêt d'urgence, a secoué la tête, elle aussi, mais sans ralentir le pas.

« Elle a dit : “Je ne te laisserai pas seul une deuxième fois.” »

Kurt a gémi, sans doute ému par la beauté de cette phrase, et je me suis interrogée sur le genre de femme qu'était Francesca. Sur son degré de désespoir, de solitude ou de sentimentalité. Mais qu'est-ce que j'en savais, après tout ? Peut-être avait-elle traversé cette vie sans tomber dans le cynisme, sans se gâter complètement.

« Peut-être qu'elle se sent seule, elle aussi, a dit Kurt. Ou bien elle a développé un syndrome du saint-bernard. » Ce qui lui semblait le plus vraisemblable, sans toutefois le déranger.

Des voitures klaxonnaient en nous dépassant, tandis que nous roulions toujours au pas à côté de Martha, qui se traînait désormais plus qu'elle ne marchait. La côte était raide, mais Martha s'est quand même entêtée pendant encore un kilomètre, jusqu'à ce que nous arrivions à un tunnel où la bande d'arrêt d'urgence a pris fin. J'ai ouvert la portière passager, et elle a grimpé dans la voiture sans un mot.

« Ça va mieux ? » ai-je demandé.

Calée au fond de son siège, elle a fermé les yeux. Les tunnels lui faisaient peur, je le savais. Dans les tunnels, elle fermait les yeux, même du temps où elle conduisait encore. Je ne connaissais personne d'autre capable de conduire à l'oreille. Avant notre accident, du moins, puisqu'elle n'avait plus repris le volant après. Plus que la peur, une culpabilité s'était vrillée en elle, si profondément qu'au fil des années, Martha s'était éloignée non seulement des voitures, mais aussi des gens. Elle s'était retirée progressivement, en même temps que Jon avait baissé les bras et décliné sous nos yeux.

Mais pouvait-on venir à bout de cette vie sans se rendre coupable ? Par impuissance, par paresse, par faiblesse, à cause parfois d'un gros mensonge, ou bien d'une petite erreur devenue irréparable. Et parfois, un hasard déclenchait la destruction. Jon avait porté en lui cette disposition des années avant que le malheur survienne. La prédisposition est inscrite en nous, et certains passent leur vie à museler l'appel à capituler.

Kurt a ouvert la première bière de la journée, nous nous sommes chacun allumé une cigarette, et nous avons emprunté la voie de gauche en direction de Locarno.

* * *

La frontière se trouvait au détour d'un virage, et la Suisse prenait fin soudainement sans tambour ni trompette, après deux heures de route. Sans montagnes, nous l'aurions traversée en moins d'une heure. Nous ne nous étions pas arrêtés une seule fois. Beaucoup trop cher, avait dit Kurt. S'il y avait un pays où il n'avait pas envie de dépenser son argent, c'était bien celui-là. Avec de l'argent, avait-il dit, et de la force s'il en avait encore eu, il serait plutôt allé boire ses derniers sous en Grèce. Et je lui avais donné raison. Il aurait fallu célébrer la solidarité et les dieux disparus dans la taverne d'un Grec édenté.

Quelques gardes-frontières en uniforme étaient adossés à une cahute vide, l'un d'eux plaisantait et faisait rire grassement les autres tandis que, d'un mouvement négligent du poignet, ils laissaient passer les voitures les unes après les autres. C'est ici que commence le Sud, me suis-je dit, là où les gens cessent de se prendre au sérieux.

« Ah, Italie ! s'est exclamé Kurt à l'arrière. Pourquoi t'ai-je quittée ? » Et de réprimer ensuite une quinte de toux.

Nous faisions entrer dans le pays un homme qui ne comptait pas en ressortir vivant. Nous nous en doutions, même si Kurt s'efforçait de nous détromper. Il s'autorisait ce bonheur, voilà ce qu'il avait dit. Rien que quelques jours de rab, des vacances éclair sans bagages ni responsabilités. Après moi le déluge, avait-il ajouté, c'était sa façon à lui de fonctionner. Conçu juste avant la fin de la guerre par un déserteur – il ne fallait pas s'attendre à des miracles. Il s'est penché vers nous et a pressé l'épaule de Martha avec le hochement de tête de celui qui prend la meilleure des décisions, qui a les choses bien en main.

« Vous allez voir. Encore deux ou trois virages, et le lac Majeur apparaîtra. »

Sauf que nous le distinguions à peine derrière une épaisse brume. Il n'existe pas de photos de paysages somptueux par mauvais temps, ou bien c'est sous un orage. Un bon gros orage a sa beauté. Alors qu'un brouillard comme celui-ci, qui masquait la vue et engloutissait le soleil, c'était une déception. Et Kurt ne pouvait dissimuler la sienne. Moi, je n'avais pas spécialement d'attentes envers le lac Majeur, je n'étais pas Hemingway, et l'âge d'or de la région était de toute façon révolu depuis longtemps.

« Je me demande comment elle est maintenant, a dit Kurt. Vieille, sans doute. Elle n'a que deux ans de moins que moi, et regardez-moi. »

À en croire Martha, les femmes étaient portées à prendre davantage soin d'elles. Elles vivaient donc plus longtemps que les hommes, et ça n'avait rien à voir avec les gènes, il s'agissait simplement d'amour, d'amour de soi, d'amour du monde.

« Et moi qui n'aime pas les vieilles », a dit Kurt.

Martha a baissé la vitre. L'haleine de Kurt semblait mêlée d'une putréfaction profonde. J'avais entendu dire que la mort s'annonçait d'abord par l'odeur. Celui qui n'avait plus que quelques jours à vivre exhalait une odeur particulière. L'odeur de la décomposition, elle, ne venait que plus tard. Je connaissais cette odeur, et je ne l'oublierais jamais ; l'odeur des mourants était encore différente.

« Bien sûr que si, ce sont les gènes, a dit Kurt.

– L'amour, ce n'est pas un gène ! a rétorqué Martha, et elle a tendu le cou au-dehors pour respirer.

– La capacité à aimer est héréditaire. Et elle est transmise par les mères. Du moins pour ce qui est de ma génération.

– Ah bon.

– Aujourd'hui, vous avez affaire à des hommes qui veulent ça aussi. Changer les couches, donner le biberon. S'ils pouvaient, ils allaiteraient. Dans les années soixante-dix, un homme qui se promenait dans la rue avec un enfant dans les bras, la police l'arrêtait en pensant qu'il avait enlevé le gosse. Un pédophile ou un pervers, voilà ce qu'on était alors. Un hippie, quoi.

– Et aujourd'hui, ce sont tous des hippies ?

– Des hippies en costume-cravate. »

Plutôt que de renvoyer la balle, j'ai fait remarquer que nous étions arrivés au lac Majeur, là, et que je ne savais pas où nous étions censés nous rendre une fois à Stresa.

« Hôtel Elena », a lancé Kurt depuis l'arrière et, avec Martha, nous nous sommes retournées en même temps et cogné le front. Nous nous étions toutes les deux attendues à une adresse privée.

« Tu ne voulais pas aller chez cette Francesca ? » La voix de Martha avait repris cette tonalité grinçante qui perçait toujours quand elle tentait encore de se freiner en plein élan.

« Absolument, a-t-il dit. Francesca a une pension, et la pension s'appelle "Hôtel Elena".

– Pourquoi ?

– Pourquoi quoi ? »

Je me concentrais sur les petits virages de montagne qui auraient pu nous catapulter à chaque instant au fond du lac Majeur. Je rêvais d'une sortie de route près d'un rivage, certes, mais alors au bord de la mer, s'il vous plaît, et toute seule.

« Pourquoi est-ce que ça s'appelle hôtel si c'est une pension, et Elena si elle s'appelle Francesca ?

– Qu'est-ce que j'en sais ? a dit Kurt. C'est un nom, c'est tout.

– Tu n'as pas dit tout à l'heure qu'elle était infirmière ?

– Si, à titre privé.

– Comment ça, à titre privé ? C'est un passe-temps ou quoi ?

– Ce n'est pas un passe-temps, elle a été formée. Elle est infirmière agréée. »

J'ai entendu Kurt respirer à fond, ou plutôt essayer de respirer à fond, et sa tentative s'est achevée par une quinte de toux dont j'ai craint qu'elle lui déchiquette les poumons.

Il en fallait davantage pour détourner Martha de son sujet.

« Donc, c'est une infirmière agréée qui invite dans sa pension ses anciens amants sur le point de mourir ? On se croirait dans un film d'horreur. Tu m'excuseras d'être si franche, Kurt, mais est-ce qu'elle sait que tu es complètement à sec ? Que tu n'avais même pas de quoi payer le voyage jusqu'ici ? Que tu as menti à ta fille pour qu'elle t'amène ? De la pire manière qui soit, si je puis dire. Comme si j'étais en bois, un putain de chêne allemand que rien n'entame, et qu'on peut baratiner sur l'euthanasie en Suisse pour obtenir un séjour gratis au lac Majeur ?

– Elle ne supporte pas la vue du sang, a-t-il dit.

– Pardon ?

– Elle ne supporte pas la vue du sang. Elle a la tête qui tourne, et elle s'évanouit. C'est pour ça qu'elle a arrêté de travailler à l'hôpital.

– Ça faisait longtemps que je n'avais pas entendu une connerie pareille.

– Mais c'est la vérité. Sa mère était infirmière, sa grand-mère aussi, et son arrière-grand-mère – une vraie dynastie d'infirmières. Qu'est-ce qu'elle aurait dû faire ?

– Mais autre chose ! N'importe quoi qui n'est pas sanglant !

– Eh bien, c'est ce qu'elle a fait. L'hôtel Elena. »

Je me suis garée sur la première place qui venait. Directement sur la promenade de Stresa. À ma gauche, le lac dans le brouillard et, à ma droite, sous la pluie, un hôtel gigantesque, majestueux, incroyablement luxueux.

« À propos, a dit Kurt, c'est là que logeait Hemingway.

– Classieux », ai-je constaté. Hemingway en jeune homme roulant sur l'or, ce n'est pas l'image que je m'en faisais.

« Le Grand Hôtel des îles Borromées. Hors de prix. »

En ce qui concernait l'hôtel Elena, en revanche, personne ne m'avait encore révélé son emplacement ni ne semblait en avoir l'intention. Kurt et Martha fixaient le lac comme s'ils voulaient photographier cet instant, l'archiver dans la catégorie des derniers souvenirs communs.

J'ai entré le nom de l'hôtel dans mon téléphone, et une épingle rouge a jailli sur l'écran, en même temps que nous, sous forme de point bleu, à seulement trois rues de là.

Nous avons atteint l'hôtel Elena, d'une tout autre catégorie : même « pension » ne paraissait pas une désignation adéquate. L'établissement donnait directement sur la place principale, la Piazza Generale. Autour, des pizzerias et des bars, où l'on servait les cocktails coiffés d'ombrelles en papier et de palmiers scintillants. Devant, du bruit en permanence ; derrière, la puanteur des poubelles. Je connaissais ces bouges, on les retrouvait partout. Je n'étais pas surprise d'avoir réussi, même au bord du lac Majeur, à atterrir dans un endroit pareil. J'avais un don pour les mauvaises fréquentations. Le plafond de verre, je m'y cognais toujours. Aux soirées chics, en tenue coûteuse, je finissais par trinquer avec le personnel du bar. Il faut dire que j'aimais ces « mauvaises fréquentations » de tout mon cœur. De tout ce qui restait de mon cœur, pas si mauvais au fond.

Nous restions assis dans la voiture, devant l'hôtel Elena, et aucun de nous n'osait descendre, comme si au-delà de la carrosserie commençait une autre réalité, une réalité qui nous déchirerait. Soudain a retenti un grand coup sur le toit de la voiture. Nous avons poussé un cri. D'abord, je n'ai vu qu'une chevelure rousse dont les boucles précises encadraient un petit visage. Sourcils épilés, faux cils collés, lèvres peintes, peau poudrée – un masque derrière lequel a aussitôt disparu ce que j'avais imaginé de Francesca. Kurt a dégluti bruyamment et, dehors, elle a ri de toutes ses dents, si droites et blanches qu'elles ne pouvaient qu'être fausses.

« Alors, vous venez ? s'est-elle exclamée. Il y a du café à l'intérieur. »

Nous avons laissé à Kurt le temps qu'il lui fallait pour descendre en premier, et il lui en a fallu, du temps, pour remettre de l'ordre dans sa carcasse, sa tenue et, en dernier lieu, ses cheveux. Finalement, il est sorti de voiture, et ils se sont serré la main comme deux enfants contrits sous le regard de leurs parents. Francesca a ri encore plus fort, un peu trop fort, puis elle a serré Kurt contre elle, et tous deux se sont tus.

Voir les gens âgés s'enlacer, s'embrasser timidement, parfois même passionnément, me faisait honte. Pas parce que c'était honteux, au contraire, quelque chose de l'ordre du sacré se jouait là. Ce bonheur tardif, comme on dit, me paraissait plus sincère que le bonheur précoce et, à plus forte raison, que celui de la quarantaine, que je ne considérais même pas comme du bonheur, mais comme un geste d'indigence et d'ennui. Je trouvais qu'il n'y avait rien de plus bateau, de plus fantasmé que le bonheur des amoureux de quarante ans. Il fallait qu'ils aient trente ans de plus pour que je veuille bien les croire. Peut-être ne s'agissait-il que de moi, peut-être me disais-je que les vieux portaient en eux le courage et l'espoir auxquels j'avais moi-même renoncé depuis longtemps.

Le masque de Francesca avait dérapé d'un centimètre, lui donnant l'air barbouillé pour de bon. Avec la valise rose, nous avons traversé la salle du petit déjeuner pour rejoindre l'ascenseur. Au deuxième étage, Francesca avait préparé pour Kurt une chambre avec vue sur la place, un détail négligeable quand on était dur d'oreille, a-t-elle fait remarquer en pouffant. Près du lit étaient disposées des fleurs et une bouteille de grappa. Au mur pendait l'incontournable tableau kitsch des environs, une vue à l'aquarelle du lac Majeur au crépuscule. Tous les endroits de la planète qu'on s'accordait à trouver beaux devaient générer leur lot de gens créatifs qui vivaient de la vente de leurs objets d'art-thérapie à des hôtels miteux. Dans les pires périodes, cette idée m'était déjà apparue comme un projet de vie intéressant. Je me voyais peindre des bois flottés sur une île, uniquement préoccupée par le fait d'inspirer et d'expirer. Rien ne serait mauvais. Et rien ne serait bon. Dans ce vaste espace se jouait la vie.

Dans notre chambre, Martha s'est laissée tomber sur le lit et a empoigné la courtepointe à fleurs.

« C'est horrible. Je me débarrasse de lui comme d'un chien qu'on ne veut pas emmener en vacances.

– C'est lui qui voulait venir ici, et toi, tu ne pars pas en vacances. Ta comparaison est complètement à côté de la plaque.

– Quand même, je me débarrasse de lui.

– Martha, tu fais ce qu'il t'a demandé de faire, c'est tout. » Même si, pour être honnête, il fallait reconnaître que sa demande avait considérablement changé au cours des dernières heures.

« J'ai l'impression d'avoir passé mon temps à vouloir satisfaire mon père, et jamais ça n'a été agréable », a dit Martha. Elle a évoqué des conflits et son habitude de toujours y céder, par confort, par crainte. Phrase après phrase, elle conjurait la souffrance et, en même temps, s'enferrait dans son amour déçu pour Kurt, jusqu'à ce qu'un coup frappé à la porte interrompe son flot de paroles.

Francesca est entrée, étrangement énergique et timide à la fois. Elle avait le pas décidé, les mains fébriles qui virevoltaient au hasard, ajustant une fleur, les rideaux, ou lissant sa robe dans ce geste canonique de la gêne féminine. Elle s'est assise sur le lit, à côté de Martha, pour essayer de dire qu'elle s'occuperait bien de Kurt, essayer de dire que faire connaissance dans ces circonstances n'était pas simple, qu'elle aurait aimé que les choses soient différentes, qu'elle voulait être là, pour Kurt, et qu'elle appellerait si son état s'aggravait, qu'elle était désolée – mais en vérité, elle n'a rien dit de cela. Ce qui tombait sous le sens n'avait pas à être dit. Elle s'est contentée de proposer un expresso et du gâteau maison que Martha a refusés froidement. Francesca a esquissé une révérence qui tenait du lumbago carabiné, et elle est sortie.

« Il t'est déjà arrivé d'être plus sympa », ai-je remarqué.

Assise sur le rebord du lit, Martha observait le carrelage comme un gouffre dans lequel se jeter.

« Je ne suis pas douée pour les adieux, a-t-elle dit. Je suis contre les adieux, tu le sais bien. C'est quoi, cette idée maintenant : on prend le goûter ? Je ne veux pas goûter, je veux partir. »

J'ai pris Martha par la main, et nous avons descendu ensemble l'escalier sombre, enjambant des tas de draps sales avant d'arriver en bas, dans la petite salle de restaurant où nous avons retrouvé Francesca installée à une table dressée et, près d'elle, Kurt, le visage comme déchiré par des sentiments contradictoires, bonheur, tristesse, culpabilité, et par le désarroi de ne pas savoir lequel de ces mouvements d'âme était le bon.

Martha a embrassé son père sur le front. « Reste assis », a-t-elle dit quand il a essayé de se redresser pour l'enlacer. Ses dernières forces lui avaient cependant permis de se lever avant qu'elle ait fui. Il l'a serrée contre lui, a semblé vouloir lui souffler un mot à l'oreille, mais s'est ravisé au dernier moment.

« On se téléphone », a-t-il dit simplement.

Martha a hoché la tête et s'est éclipsée en glissant encore un « À plus tard ! » C'est toujours ce qu'elle disait : « À plus tard ! » Même s'il était certain qu'on ne se verrait pas pendant des mois.

À mon tour, j'ai pris Kurt dans mes bras. Il m'a demandé tout bas de faire attention à sa fille – comme si je pouvais vraiment être la bonne personne pour ça. Francesca m'a tendu la main et un demi-gâteau qui embaumait la liqueur même à travers le papier alu.

« À plus tard ! » ai-je dit moi aussi avec la certitude funeste que je ne les reverrais jamais.

Une dernière fois, Martha s'est retournée, et elle a agité la main. Nous avons démarré, cap sur le lac Majeur. Le brouillard s'était levé, le soleil tombait en flaques claires sur les sommets, devant nous les trois îles minuscules semblaient flotter à la surface de l'eau. La vue, d'une beauté surréelle, était le summum du kitsch signé dame Nature, et apparemment plus que Martha ne pouvait supporter.

Elle s'est frappé la tête contre le tableau de bord, deux fois, trois fois, le battant de la boîte à gants s'est ouvert et lui a heurté la lèvre. Une goutte de sang a perlé. Douleur trop faible comparée à celle qui ne faisait que commencer et perdurerait.

Je me suis arrêtée dès que j'ai pu. Pendant une demi-heure, nous sommes restées garées là, sans descendre de la voiture ni regarder la banquette arrière, et personne n'a pleuré, personne n'a parlé jusqu'à ce que je dise :

« On rentre ?

– Je ne peux pas rentrer maintenant, a dit Martha. Qu'est-ce que je vais faire chez moi, à part attendre ? »

Elle s'est tournée vers moi.

« On va à Truc, là. Comment ça s'appelle, déjà, le village ?

– Quel village ?

– Eh bien, du tromboniste.

– Bellegra ? »

Elle a hoché la tête.

« Tant qu'on y est. »

La vie n'est pas une partie de plaisir

Martha voulait conduire, mais surtout ne pas penser. Elle avait besoin de se changer les idées et comptait pour y parvenir sur les marquages de la chaussée, la proximité des glissières de sécurité, les carrefours complexes et les virages en épingle. L'essentiel de ce qu'elle entreprenait dans la vie avait pour but de lui faire oublier autre chose. Elle était la spécialiste des expérimentations en tous genres, des sports dont je ne retenais pas le nom, des instruments dont personne ne jouait ni ne voulait rien entendre, des langues qui ne servaient quasiment nulle part. En général, elle n'allait pas au-delà du cours débutants, et les cours débutants forgeaient sa personnalité. Elle avait sur tout quelques connaissances approximatives et ne savait ni ne maîtrisait rien à fond. Elle s'étonnait constamment de ce qui croisait sa route et de ce qui lui arrivait. Mais depuis l'accident, quelque chose avait changé en elle, en nous tous. Nous avions compris que la chute pouvait être mortelle. Nous savions désormais qu'il n'y avait point de salut pour nous. Nous avions eu un choc, des traumatismes crâniens, Henning un bras cassé, Martha un coup du lapin et Jon le visage lacéré. Le pare-brise éclaté avait découpé une tranchée précisément dans ce visage-là, le plus beau parmi nos visages, le visage de l'acteur. Nous avions refusé de voir qu'il ne s'en remettrait pas, même si nous l'avions redouté. Nous avions cru qu'avec une cicatrice, il aurait ses entrées dans la pègre, un parfait visage de criminel, mais Jon ne s'était plus jamais risqué devant une caméra ni Martha derrière le volant. Jusqu'à aujourd'hui. Jusqu'à ce qu'elle choisisse finalement de conduire pour se fuir elle-même.

Je me suis abstenue de lui dire que ces lacets au bord du lac n'étaient sans doute pas la route rêvée pour se remettre au volant après des années. J'ai simplement continué à conduire, tenace, et promis que nous changerions à la station-service suivante. En attendant, Martha parcourait l'Italie du bout du doigt sur Google Maps, avec les jurons habituels et l'éternel questionnement sur l'endroit où on pouvait bien être et sur ce point qui, on se demandait pourquoi, se déplaçait dans la mauvaise direction.

« Huit cents kilomètres jusqu'à Bellegra », a-t-elle dit, puis elle a lu les noms des villes qui jalonnaient la route : Gênes, Lucques, Pise, Florence, Sienne, Orvieto. L'Italie rejoignait en cela les États-Unis. On avait l'impression de déjà tout connaître, toponymes, paysages, histoires, villégiatures. L'Italie ne m'avait jamais intéressée. Je n'avais pas osé me rendre sur la tombe qui s'y trouvait. Et pour Martha, ce pays devenait d'un coup celui qui lui prendrait son père. Comme si mourir en Italie valait forcément mieux.

« Je ne suis jamais allée en Italie », a-t-elle avoué.

Aucune de nous n'était déjà venue ici, même enfant, ni elle ni moi n'avions vu ne serait-ce que les plages de l'Adriatique. Mon père italien aussi avait refusé de remettre un pied dans ce pays. Soudain, ça m'a gênée. Nous avions quand même grandi en Allemagne de l'Ouest, championne du tourisme en

Italie. Apparemment, notre socialisation culturelle avait connu des ratés et, jusqu'ici, nous n'avions pas ressenti le besoin de combler cette lacune.

Martha avait toujours pensé s'y rendre une fois vieille. L'Italie, c'est encore bon pour les vieux débris, s'était-elle dit. On en était donc là.

Après une nouvelle consultation de son iPhone, elle a décidé que nous commencerions par Gênes et que nous dormirions là-bas, avant de rejoindre Bellegra par Florence.

« C'est dingue, a-t-elle dit, j'ai toujours eu envie de voir Gênes. Et pourtant, jusqu'à hier, j'ignorais que mon père y avait noyé son premier chagrin d'amour. »

Je ne savais plus très bien qui conduisait qui, ni où. Ni vers quels adieux nous roulions, quels souvenirs nous poursuivions.

« On fait quoi, là, en fait ? ai-je demandé. On rejoue *Thelma et Louise* ?

– Elles étaient jeunes, sexy et opprimées, a dit Martha. Regarde-nous, on n'est même pas opprimées.

– *Tschick ?* ai-je tenté.

– Les deux ados qui traversent l'Allemagne en Lada ? C'étaient deux garçons ! Nous, on est deux femmes bientôt ménopausées. J'espère que tu n'es pas en train de comparer. »

Autour de nous, le paysage s'est apaisé. Nous traversions une Italie du Nord radieuse, faisions cap vers la mer, laissant derrière nous des bifurcations vers Milan et Turin.

« Je me demande combien de fois je peux perdre mon père, a dit Martha. Déjà, quand j'étais petite, je me disais régulièrement que je ne le reverrais plus. À chaque au revoir, cette pensée : pas sûr qu'il refasse surface. Il s'écoulait parfois des mois avant que j'entende à nouveau parler de lui, et puis on allait chez le Chinois et on n'avait rien à se dire. Ensuite, il s'est remarié. Et maintenant, il nous a déniché cette pouffe au lac Majeur.

– Elle a plus de soixante-dix ans.

– Ce n'est pas le genre de chose qui s'arrange avec l'âge. »

Pour moi, Francesca incarnait l'étreinte sincère qu'on pouvait encore recevoir en fin de vie. Sans retenue ni égards hypocrites. Elle était là, tout simplement, et ne se blâmait pas de ne pas l'avoir été pendant les cinquante années précédentes. On ne parlait pas d'amour, on parlait de réconfort.

« Tu entends ? »

Martha hochait la tête au rythme du claquement qui avait repris.

« J'ai besoin d'une bière », a-t-elle ajouté avec un rire amer.

* * *

Pendant que je déversais trois litres d'huile dans le réservoir, Martha a descendu sa bière aussi vite qu'elle avait englouti une pizza à l'Autogrill un peu plus tôt – pour assurer ses arrières, à l'en croire. Elle ne voulait ni se saouler ni se recueillir. Elle voulait rouler, désamorcer par sa souffrance vive un vieux traumatisme.

À présent, elle restait plantée devant la portière conducteur ouverte et triturait ses vêtements de ses doigts nerveux. J'avais bien plus confiance en elle qu'elle-même. Notre amitié reposait sur ce socle : la foi que nous gardions en l'autre quand celle-ci n'avait plus la force de croire.

« Allez, ai-je dit. Tu ne peux pas conduire plus mal que moi, de toute façon. »

Martha s'est assise au volant comme pour une leçon de conduite, elle a réglé le siège et les rétroviseurs, respiré à fond, puis appuyé sur la pédale d'accélérateur, non pas timidement, mais avec la sauvagerie nécessaire à une libération, et elle a foncé à toute berzingue vers l'A26 en direction de Gênes.

On aurait vraiment dit qu'à ce moment-là, elle laissait Kurt derrière elle. Et Jon. Et la mauvaise conscience, l'épreuve et la culpabilité.

« Eh bien, tu vois », ai-je dit, et il m'a fallu une bonne dose de savoir-vivre pour ne pas me cramponner à la poignée au-dessus de ma vitre. Nous filions sur la voie de gauche quand Martha s'est mise à chanter, d'une voix forte, sombre et belle. Je ne l'avais plus entendue chanter depuis des années.

Martha chantait de peur. Un comportement que j'avais longtemps cru singulier, jusqu'au jour où je m'étais trouvée à bord d'un avion qui avait soudain piqué du nez. Tandis que l'appareil se rapprochait du sol à toute allure, un passager sur quatre s'était mis à chanter. Un chœur déchiré d'épouvante, un canon disharmonieux chevrotant s'était élevé d'un bout à l'autre de l'appareil, puis tu peu à peu avec le retour d'un semblant de stabilité et le rétablissement d'une trajectoire ascendante. J'entendais encore ce chœur de temps en temps, quand j'avais peur sans même savoir de quoi. Il était devenu pour moi le signe avant-coureur de l'angoisse.

Pour détourner mon attention de Martha et de la route, j'ai configuré notre trajet sur l'iPhone. Il suffisait que le doigt dérape pour qu'aussitôt cette voix supposée agréable et polie se manifeste avec un ton de petite peste.

« *Danger à cinq cents mètres* », a dit la voix.

Martha a sursauté, la circulation était dense.

« *Danger à trois cents mètres.*

– De quoi elle parle ? C'est la sortie ? » Martha a juré et essayé de m'arracher le téléphone des mains.

« *Surveillez votre vitesse.*

– Arrête-moi ce truc, s'est-elle écriée.

– Je ne sais pas comment on fait.

– Arrête-moi ça ! Je ne veux pas que ce truc me dise ce que je dois faire. »

Tapotages et balayages sur l'écran.

« Il faut juste qu'on apprenne à mieux se connaître, le GPS et nous, ai-je dit pour essayer de la calmer. D'ailleurs, on devrait toujours commencer par boire une bière avec son GPS.

– Balance-le par la fenêtre, Betty !

– Mais c'est ton téléphone !

– Alors prends la carte routière, merde. On est quand même de la génération bienheureuse qui sait encore lire une carte.

– *Surveillez votre vitesse.* »

Martha avait raison, le GPS ne nous servait pas à grand-chose. Le GPS était trop prudent, le GPS avait la frousse. J'ai fermé l'application. Une délivrance.

Dans la boîte à gants, j'ai déniché une carte d'Europe intacte, qui représentait la Yougoslavie comme un seul État, solidaire et paisible. Cette carte ne connaissait ni guerres ni désaccords, elle dégageait une sorte d'innocence. En dessous, il y avait un CD au moins tout aussi innocent, un album des années soixante d'Adriano Celentano. À la deuxième chanson, Martha joignait déjà sa voix à celle du chanteur, et je marquais le rythme de la tête, ce qui équivaut chez moi au comble de l'enthousiasme. Nous étions pour ainsi dire toutes les deux en train de beugler *Ciao ragazzi*, et Martha conduisait comme si elle avait enfin appris à marcher.

La voiture léguée prenait des airs de voiture volée, ce qui me paraissait nettement mieux, plus rebelle et moins redevable à la mort. L'espace d'un instant, la liberté s'était emparée de nous, ou bien nous d'elle, je ne savais pas trop.

* * *

Nous approchions de Gênes par des voies rapides qui semblaient prendre la ville dans leur filet. Une seconde, la mer a étincelé avant de disparaître à nouveau derrière des immeubles, et mon sens de l'orientation, de toute façon peu développé, s'est perdu dans les innombrables virages.

Nous nous enfoncions dans la ville comme dans un pas de vis, la circulation nous chassant dans un sens et dans l'autre, et je me sentais au beau milieu d'une cité miniature, comme un jouet emporté par le mouvement. Il y a eu un tunnel apparemment sans fin, un lambeau de lumière, encore un tunnel, un troisième, camouflé en pont, à travers un bâtiment. Une demi-heure auparavant, nous avions réservé une chambre sur internet, dans un hôtel baptisé Olympia, situé en plein centre, dont les prix étaient tout juste assez élevés pour ne pas paraître suspects, et qui garantissait une place de stationnement dans un parking souterrain proche. Je rêvais d'un parking plus que d'un bon lit.

« Je n'ai pas de réseau, disais-je à chaque nouveau tunnel. Il n'y a plus de point. Je ne nous vois pas.

– À gauche ou à droite à la sortie du tunnel ? demandait Martha.

– Je ne sais pas. Je ne sais plus où on est. »

Après les tunnels est venu le tour des ronds-points. Le GPS rallumé nous catapultait dans la ville. Et là, Martha a freiné d'un coup sec, elle s'est arrêtée et, sous les klaxons et les insultes d'Italiens fous furieux, elle est descendue de voiture.

« Sans moi, a-t-elle dit. J'abandonne. »

Il ne me restait plus qu'à passer sur l'autre siège et à reprendre le volant collant de sueur. Nous étions tout près. C'était le propre de l'abandon, d'ailleurs, on renonçait en général juste avant la ligne d'arrivée. Martha nous a guidées dans un dédale de petites rues bordées de montagnes de poubelles et, quand un trou s'est ouvert entre les sacs noirs, elle s'est écriée : « C'est là !

– Quoi ?

– Le parking. C'est là, l'entrée.

– Ça, un parking ? Je vois plutôt un sous-sol où on va remettre cent mille euros en petites coupures.

– Bon, c'est Gênes, quoi. Qu'est-ce que tu veux que je te dise ? On est arrivées. »

Elle a montré sur la façade une enseigne lumineuse décatie. « Coin » disait l'enseigne, et « Coin » disait aussi notre réservation : il fallait qu'on descende là-dedans. Nous avons rabattu les rétroviseurs extérieurs, et j'aurais bien aimé que Martha pousse la voiture, mais je ne voulais pas non plus me ridiculiser. Frôlant presque les murs, j'ai donc avancé dans ce trou puant et, avec un soupir de soulagement, j'ai garé la voiture. Vingt-quatre heures pour trente-cinq euros. On n'y voyait quasiment rien, mais il y avait des caméras partout.

Deux étages plus haut, nous avons acheté notre ticket, à un guichet dont la vitre graisseuse ne masquait pas un petit couple qui s'est visiblement senti dérangé. Une dizaine d'écrans luisaient derrière leurs têtes ébouriffées. Sur le bâtiment d'en face, juste au-dessous du toit, s'étalait en lettres délabrées le nom « Olympia ».

Le Vietnamien faisait tinter ses énormes clés comme s'il avait pour mission d'ouvrir les portes d'une forteresse ancestrale. Apparemment, les Asiatiques avaient récupéré le segment d'entrée de gamme de l'hôtellerie italienne. Ou alors ils en occupaient uniquement les réceptions, ce que je jugeais plus probable. Seul l'hôtel Elena avait encore une Francesca à offrir, une femme façon PME familiale.

Le Vietnamien a surligné au marqueur deux rues qu'il valait mieux éviter entre le centre-ville et le port, au moins de nuit. Avoir une destination à éviter dans une ville inconnue, ça m'avait toujours plu. Il faut dire que j'avais bradé mon innocence dans le quartier chaud de Sankt Pauli. Plus rien ne m'arrêtait quand il s'agissait de faire ce que je pensais ou savais pertinemment néfaste pour moi.

Nous sommes parties nous balader entre les dealers, les putes et les loubards. Dans ces bas-fonds, la ville semblait être encore celle sur laquelle s'était extasié Kurt parce qu'il y avait pris une bonne beurrée, peut-être la première de sa vie, sa seule véritable ivresse. Ensuite, il était devenu époux, père et, sur ces entrefaites, divorcé et débiteur d'une pension alimentaire. La rue avait néanmoins un côté pittoresque, à croire qu'elle figurait au patrimoine de l'Unesco. Très cliché. Comme un contrepoint obligatoire à l'Italie charmante, toute Toscane nécessitant une ruelle sordide dans le port de Gênes. Martha non plus n'avait pas l'air vraiment impressionnée.

« Bon », a-t-elle fait, et nous trouvions presque un peu dommage que personne n'essaie de nous voler nos sacs à main. Pour nous consoler, nous avons commandé des Aperol Spritz, ce que nous ne faisions jamais chez nous, parce que chez nous, c'était Kreuzberg et que nous n'étions pas des greluches pomponnées. Nous gardions le greluchage-pomponnage pour plus tard, quand nous serions vieilles et désœuvrées.

Nous nous étions installées sur une petite place où quatre bars s'enchevêtraient dans un bric-à-brac de chaises en alu et de tables avec, au milieu, une fontaine qui sentait les marécages. Je me suis demandé combien de cocktails nous allions devoir descendre pour surmonter cette journée aux allures de chapitre qui se clôt.

« Au fait, ta mère sait que tu veux aller sur la tombe du tromboniste ? a demandé Martha.

– Tout homme qui quitte ma mère est pour elle un raté, et elle ne veut plus jamais entendre parler de lui.

– Plutôt salutaire, comme vision des choses.

– Combien de pères on peut perdre en tout ? Je me suis toujours posé cette question. Tu vois, aujourd'hui, ça ne se fait plus de ramener sans arrêt de nouveaux pères qui se volatilisent dès que l'enfant s'est habitué à eux, dès qu'il a vraiment besoin d'eux. Vu l'enfance que j'ai eue, mon araignée au plafond n'est finalement pas si grosse, je trouve.

– Façon de parler, a dit Martha. Ça fait des années que tu n'es plus tombée amoureuse d'un homme qui pourrait vraiment être à toi. Du moins pas sans que ça déclenche une catastrophe. C'étaient soit des hommes mariés, soit des cas pathologiques. Alcoolisme, dépression, syndrome d'Asperger. Il y a toujours quelque chose. Tu ne tombes amoureuse que si tu te heurtes à un adversaire et, finalement, tu n'as plus la force de te battre encore pour l'amour. Je ne connais aucune fille qui tombe si souvent amoureuse sans y croire.

– C'est l'âge », ai-je dit, et j'ai commandé encore deux Aperol, c'était ma tournée.

On a bu comme jamais depuis des années, jusqu'à l'oubli, jusqu'à croire qu'on pouvait à nouveau se comprendre soi-même. Gênes faisait scintiller ses fontaines tandis que les rues se vidaient, et le port, on ne le voyait pas, mais on le sentait. On sentait la mer, un mélange de cloaque et de liberté.

* * *

Martha était sortie appeler Henning. Par la fenêtre, pour la première fois depuis des lustres, je la voyais fumer de bon matin. Elle s'éloignait toujours assez pour que je n'entende pas, je n'étais jamais témoin de leurs conversations, comme si Henning et moi étions deux univers, deux concurrents qui n'appartenaient pas à la même sphère.

Henning voyait en moi une mauvaise fréquentation, et moi en lui ce qui pouvait arriver de mieux à Martha. Dix fois, j'avais convaincu Martha de rester avec lui. Dix fois, elle avait essayé de le quitter, toujours en juin, en général un vendredi. C'était devenu une toquade que plus personne à part elle ne prenait au sérieux. Quand enfin nous nous sommes habitués à cette succession de fuites et de retours au bercail, elle a arrêté. Martha avait apparemment triomphé d'elle-même.

Dehors, elle clignait des yeux dans le soleil et, comme à son habitude quand elle se fichait de ce qu'on lui racontait à l'autre bout de la ligne, elle inclinait la tête de côté.

Je m'en doutais, Henning devait trouver que ce voyage en ma compagnie était une mauvaise idée. Il vivait avec la croyance tenace que je voulais kidnapper Martha, l'entraîner vers je ne sais quelle face obscure, comme si j'avais pour but de m'en rapprocher, comme si j'étais moi-même cette obscurité dont il voulait surtout ne rien savoir. Depuis que Jon avait disparu de sa vie comme de la nôtre, Henning se tenait à distance des abîmes. Il n'avait connu personnellement qu'un seul abîme – Jon –, et il se figurait sans doute qu'en restant assis chez lui, il demeurerait en sécurité, et les autres aussi. Henning était de ceux pour qui l'obscurité se situe à l'extérieur et le danger chez les autres. Il avait en lui une pureté qui dépassait tout ce que j'étais capable d'imaginer. Au début, arrogante comme j'étais, j'avais pris ça pour de la naïveté. Mais Henning savait pertinemment de quoi ou de qui il valait mieux se tenir à distance. J'appartenais manifestement à cette catégorie et, d'une certaine manière, cela caressait mon désespoir dans le sens du poil.

Avec Martha, nous avons décidé de foncer. Devant, il y avait un objectif, et derrière, le malheur qui nous talonnait. Prises dans l'étau des pères, des souvenirs et de la mort, nous croyions pouvoir tout surmonter en appuyant sur le champignon. Plus tard, nous aurions du temps, plus tard, l'Italie serait encore là ; pour visiter ce pays, impossible de louper le coche, il n'y avait pas d'âge d'or qu'on puisse rater, l'Italie semblait momifiée pour les touristes depuis des décennies, sinon des siècles. Ici et là, des attractions périclitaient, victimes de la crise financière, des villages essuyaient des tremblements de terre, une marée noire menaçait un patrimoine mondial – mais à part ça ?

Nous allions descendre l'A1 à pleins gaz, l'*Autostrada del Sole*, comme l'appelaient ces fanfarons gâtés. Nous allions rouler vers le sud, avaler presque six cents kilomètres, traverser la Toscane, l'Ombrie et le Latium sans rien en voir. Les régions resteraient pour nous des panneaux routiers, chaque ville une sortie que nous n'aurions pas prise.

Kurt nous souhaitait de prendre du bon temps, il n'en avait pas dit plus au téléphone, il n'avait pas pu en dire plus, a raconté Martha, trop de toux et pas assez d'air. Assises à l'avant de la voiture, nous avons considéré la banquette arrière vide. Esseulée.

« On devrait peut-être prendre un autostoppeur, ai-je proposé.

– Les autostoppeurs, ça n'existe plus. Ils se sont éteints avec l'arrivée d'internet.

– C'est vrai, ça fait une éternité que je n'en ai plus vu. Au fond, c'est dommage. Ça m'aurait bien dit, un autostoppeur.

– Il faut d'abord qu'on arrive à sortir de là », a dit Martha.

Derrière le pare-brise, nous avons balayé du regard le parking sombre et exigu. La sortie consistait en un virage raide à angle droit avec, à mi-chemin de la côte, une barrière.

« On est censées faire ça comment ? a demandé Martha, assise au volant.

– On rabat les rétroviseurs, je me mets à côté de la barrière et je glisse le ticket dans la borne quand tu démarres. Tout ça en un seul et unique mouvement fluide, et hop, on est dehors.

– C'est ça », a-t-elle dit, et je me suis postée un peu plus haut dans le virage.

De là, il me semblait encore plus étroit. Vite, j'ai levé les deux pouces avant que s'installe la moindre appréhension. Martha a roulé au pas jusqu'à la rampe, nous avons échangé un signe de tête, nous étions deux pilotes au départ du Paris-Dakar, l'un de ces un-jour-mon-rêve-viendra que nous avions chéris autrefois, au sortir de la puberté, quand aucun but ne nous semblait inaccessible. Nous avions voulu devenir des as et, vingt ans plus tard, nous n'arrivions même pas à sortir d'un pauvre parking italien.

J'ai glissé le ticket dans la fente, Martha a fait rugir le moteur, la barrière s'est levée, et Martha, lancée à plein régime, a pris le virage en cahotant. Pas une seconde elle ne s'est laissé impressionner par le mur qui raclait l'aile droite sur toute la longueur. Le visage concentré, elle est restée parfaitement insensible au frottement strident et uniforme. J'ai couru jusqu'en haut de la rampe et sauté dans la voiture.

« Ben, tu vois ! s'est-elle exclamée.

– Super, oui. Tu aurais peut-être eu encore un peu de marge à gauche.

– Bah, c'est que de la tôle. Qu'est-ce que ce serait, une voiture sans éraflure ? Disons que je l'ai baptisée.

– Et elle s'appelle comment ?

– Choisis. Les voitures avec des noms, je trouve ça complètement débile. C'est par où ?

– À droite », ai-je affirmé en pensant à gauche. J'essayais de berner mon mauvais sens de l'orientation en optant toujours pour la direction opposée à celle qui me paraissait la bonne.

En arrivant à un carrefour, nous nous sommes rendu compte que ce qui ressemblait de loin à une route à huit voies n'en comportait en réalité aucune. Des centaines de voitures se pressaient comme au départ de plusieurs courses simultanées.

« À gauche », ai-je dit et, cette fois, j'en aurais mis ma main à couper.

Derrière nous, crissements de pneus, klaxons et jurons – la routine du conducteur étranger sur les routes italiennes. Nous avons adressé des remerciements polis tous azimuts et traversé cahin-caha la ville. Martha chantait *Azzurro* et ne s'est interrompue qu'en retrouvant son calme, sur l'autoroute.

Elle a dit qu'elle avait réfléchi, qu'elle n'avait pratiquement pas dormi de la nuit, qu'à la place elle avait pensé à la mort.

« La vie n'est pas vraiment une partie de plaisir. Dans l'ensemble, c'est plutôt pas mal, mais quand même sacrément usant. Face à la souffrance, il y a une sorte de lâcheté. C'est de famille, a-t-elle précisé. Alors que la mort, c'est ne plus parler, ne plus réagir, ne plus se justifier, ne plus avoir mal : ça doit être reposant en définitive. Quand on se bat contre la mort, ce n'est jamais pour soi, à mon avis. C'est juste pour ne pas laisser les autres seuls. »

Elle a regardé dans ma direction, peut-être dans l'attente d'une promesse de ne jamais la quitter. L'indifférence de Kurt, à qui vivre ou mourir ne faisait ni chaud ni froid, était ce qu'elle avait eu le plus de mal à supporter ces derniers mois. Il avait refusé l'hôpital, refusé le traitement, refusé tout espoir fugace.

« Je commence à comprendre Kurt, a-t-elle dit. À quoi ça sert au fond, toute cette énergie, ce combat ? Assister à tout ça, ce serait peut-être encore pire. Je finirais par ne plus vouloir qu'une chose : que ça s'arrête, qu'il s'en aille. En mourant, on n'a définitivement plus rien à prouver à personne. »

Le portable de Martha s'est mis à sonner, l'écran a affiché « Petra » et Martha a dit : « Réponds, toi. »

Sa mère avait toujours été une spécialiste du cheveu sur la soupe. Elle faisait partie de ces gens qui appelaient toujours au mauvais moment. Ils n'y pouvaient rien, mais on leur en tenait quand même rigueur. Un timing malchanceux, et c'était la fin d'une relation, voire pire, une relation qui ne verrait jamais le jour. J'ai pris l'appel et mis Petra sur haut-parleur.

Elle a demandé s'il était mort. Si – pour la citer – tout avait bien marché. Elle pleurait. Les mères étaient des êtres étranges, surtout pour nous qui avions constamment affaire à elles dans leur rôle d'ex-femmes, dans un rapport à nos pères qui n'en finissait pas d'échouer. Nous avions enchaîné l'un à l'autre deux êtres qui, sans nous, n'auraient pas échangé un mot pendant plus de trente ans, et à juste titre. Nous ne leur avions jamais demandé de maintenir ce lien, ce qui ne nous empêchait pas de nous sentir chaque année un peu plus mal à l'aise. Personne n'aspirait à passer sa vie dans la peau d'un trait d'union. En même temps, c'était toujours mieux que de servir de mastic dès sa naissance.

Petra a eu toutes les peines du monde à comprendre ce que nous lui expliquions. Les pleurs ont cessé, l'étonnement leur a succédé et, finalement, l'indignation.

« Mais tu ne peux quand même pas le laisser là-bas ! L'abandonner comme ça !

– Et c'est toi qui dis ça ! a hurlé Martha dans le téléphone que je tenais.

– Ce n'est pas du tout la même chose !

– Qui est-ce qui s'en est occupé pendant tout ce temps ? Merci du cadeau, un père seul, malade, qui n'a même pas de quoi se payer ses couches.

– Tu lui donnes de l'argent ?

– Évidemment que je lui donne de l'argent. Qui d'autre ?

– Quand je pense qu'à l'époque, il n'a même pas voulu payer de pension !

– Peut-être aussi parce que tu l'as planté du jour au lendemain ?

– Ah, parce que c'est ma faute, maintenant ? Il fallait s'y attendre. C'est toujours moi, la méchante.

– Vous n'en avez pas marre de jouer les coupables ? Je ne veux pas être mêlée à ça. C'est votre crise, votre culpabilité. Moi, je ne suis que la fille. Et je fais vraiment de mon mieux, a dit Martha, qui roulait à présent sur l'autoroute à tombeau ouvert.

– On dirait que tu parles d'un boulot.

– C'est comme ça que je le vis.

– Eh bien, apparemment, tu as démissionné de chez ton père. C'est quand même un peu gros, Martha – le laisser comme ça chez une parfaite inconnue !

– Ce n'est pas une parfaite inconnue.

– Ah non ? Tu l'avais déjà rencontrée ? Ça dure depuis combien de temps, cette histoire ? Un père seul, tu parles. Il nous fait le coup de la solitude, ce pauvre cher papa, et il se bourre les couches de fric. Et je vais te dire une chose : il a toujours été comme ça ! »

Je me suis mise à caresser doucement la cuisse de Martha, ce qui a fait redescendre l'aiguille du compteur de dix kilomètres-heure, et la carrosserie a cessé de vibrer.

« Franchement, je me demande de quoi on parle, là. Il se fait cadeau de quelques jours, tout au plus de quelques semaines. Kurt voulait aller là-bas, et il a refusé que je reste. À mon avis, c'est ce qu'il y avait de mieux à faire. Elle m'a l'air gentille et sincère, a dit Martha, comme s'il fallait qu'elle se rassure elle-même.

– Je n'ai encore jamais entendu parler de cette bonne femme ! Elle sort d'où tout à coup ?

– À ce qu'il paraît, elle était déjà là avant toi.

– Non, mais quel toupet ! C'est dégoûtant ! Qu'est-ce qu'il s'imagine ? À son âge ! »

J'ai orienté le téléphone vers le pare-brise, contre lequel sont venus s'écraser les beuglements de Petra. Martha aussi avait monté d'un ton.

« Petra, il faut gérer, là ! Tu ne peux pas être jalouse de tout le monde. Jalouse de lui parce que je l'aime soi-disant plus, jalouse de cette femme que tu ne connais pas et qui est quand même assez sympa pour s'occuper de ton ex-mari en fin de vie. Pourquoi, je n'en ai aucune idée, mais en tout cas, elle le fait. On ne peut pas en dire autant de toi.

– J'ai assez donné, figure-toi ! À l'époque, il ne savait même pas se faire cuire un œuf. Il aurait pu mourir de faim sans moi !

– Et moi, j'aurais pu mourir de faim avec toi, a dit Martha.

– On était tellement ric-rac, il fallait bien que je travaille tous les soirs au bar ! »

Visiblement, ce n'était pas la première fois que Petra se justifiait. Elle avait sans doute passé une bonne partie de sa vie à le faire. Ma mère était elle aussi un bon exemple de la façon dont la vie pouvait se transformer en une seule et interminable justification. J'avais souvent l'impression qu'au fond, elle n'essayait d'être heureuse que pour en mettre plein la vue. Le bonheur comme preuve ultime que ses choix avaient été les bons. À quoi servait sinon d'avoir bataillé – si à la fin ne restaient que tristesse et délaissement ? Si tout ce qu'on avait pensé vouloir n'était pas ce dont on avait besoin ? Si ladite liberté se révélait être une errance sans but et qu'on se transformait soi-même en fausse route ?

« Martha, je t'ai toujours aimée plus que tout au monde. Tu le sais. Je suis ta mère. Tu as toujours été ce qu'il y a de plus important dans ma vie et tu l'es encore.

– C'est toi qui le dis ! »

Petra s'est tue un instant, mais cet instant n'a pas duré.

« Pour venir me donner des conseils, il faudrait d'abord que tu sois mère ! a-t-elle crié. Sauf que même ça, tu n'y arrives pas ! »

La voiture qui nous précédait se rapprochait dangereusement. Martha fonçait droit dessus, elle ne semblait pas l'avoir vue, ses traits s'étaient figés.

J'ai tourné le téléphone vers moi et, de l'index, j'ai mis fin à la conversation. Rien qu'un minuscule geste, pour éviter une catastrophe. Le geste s'est propagé jusqu'au pied de Martha, qui a enfoncé d'un seul coup la pédale de frein, et nous avons été projetées vers l'avant, une fraction de seconde, jusqu'à ce que les enrouleurs bloquent les ceintures dans un grand clac. Une chance, la route était déserte derrière nous.

« Elle va me rendre dingue. Mais qu'est-ce que j'ai fait pour mériter une mère pareille ? »

Une question destinée à rester sans réponse. Nous n'avions rien fait pour mériter nos mères. D'ailleurs, nous méritions bien peu de choses, et surtout pas notre passé. Sans qu'on ait rien demandé, il avait d'emblée précipité tous nos comptes dans le rouge.

« Même la mort de son ex-mari, il faut qu'elle en fasse une affaire personnelle, a dit Martha. Ça me dépasse ! Cette femme se sent offensée par la terre entière. »

D'une traite, elle a énuméré les brouilles que sa mère déclenchait sans cesse, les amitiés qu'elle avait usées, les boulots à la file et les licenciements toujours sur sa demande, les partis, associations et cercles d'amis soutenus puis décriés, un combat constant contre ce monde qui, pour finir, tirait de son chapeau la plus violente des offenses : la vieillesse.

Martha débitait cela à une allure telle que j'arrivais à peine à déchiffrer les panneaux fléchés, qui nous menaçaient de l'imminence d'un échangeur autoroutier. J'avais retenu qu'il fallait rouler toujours tout droit, jusque-là les choses avaient été simples, mais aucune voie n'allait désormais tout droit, si bien que je me suis contentée d'une diagonale vers la droite, assortie d'un panneau qui indiquait Florence. Martha et moi avions une répartition bien établie des tâches : elle conduisait et parlait, je me taisais et connaissais le chemin. Cela avait tout d'un mariage qui fonctionnait. Nous avions d'ailleurs envisagé cette solution autrefois. À défaut de trouver quelqu'un, nous nous marierions toutes les deux, nous nous l'étions promis. Au moins pour nos vieux jours, ce qui nous permettrait de mettre en commun nos piètres retraites, et en cas de décès, la survivante aurait de quoi subsister.

Mais les choses ne s'étaient pas passées ainsi : Martha avait Henning, et moi aucune retraite en vue. On n'avait pas voulu de moi comme témoin, Henning ayant souhaité pour ce rôle une fille qui croyait au mariage, pas une qui se riait des sacrements, sifflait le champagne des autres et présentait ses vœux de bonheur sous la forme d'une citation griffonnée, entendue de la bouche de la féministe Paula Ettelbrick :

Le mariage est une institution merveilleuse, mais qui veut vivre dans une institution ? Avec tous mes vœux, Betty.

La fête avait été belle malgré tout. Pour la première fois et la seule, j'y avais rencontré la mère de Martha, qui adorait les mariages. Peut-être les considérait-elle comme une planche de salut.

« Dis donc, a dit Martha, me tirant de mes pensées, tu es sûre que c'est la route qu'on voulait prendre ? Ça me paraît bien étroit par ici.

– Je trouve que c'est joli.

– Joli, ça ne veut pas dire que c'est là qu'on voulait aller. Je l'imaginais quand même plus large, cette A1.

– Il y avait marqué "Florence" sur le panneau.

– Sur l'autre panneau aussi, c'était marqué "Florence".

– Quel panneau ?

– Celui vers la gauche.

– On ne peut pas se tromper alors », ai-je dit de la voix la plus ferme possible, parce que l'endroit – une route à deux voies, un simple ruban asphalté au beau milieu des champs – commençait aussi à me paraître suspect.

Nous avons continué tout droit, nous n'avions pas vraiment d'autre option. Toujours tout droit, jusqu'au prochain panneau, jusqu'à ce qu'on nous propose une nouvelle direction, un nouveau but.

« C'est quoi, mon problème, au juste ? a demandé Martha. J'ai toujours l'impression de tout rater. »

Dans mon esprit, nous appartenions à la première génération de femmes à pouvoir faire ce qu'elles voulaient. Résultat : il était aussi de notre devoir de faire ce que nous voulions, et de facto, nous devions vouloir quelque chose. Nos mères s'étaient battues pour ça. Nous devions réaliser nos rêves, nous devions en avoir. On nous concédait l'échec, oui, mais seulement à condition d'avoir tout tenté pour atteindre le bonheur, vraiment tout, y compris la psychanalyse. Renoncer en revanche n'était pas prévu, ni se contenter de peu. Avec toutes ces opportunités ! Ma mère, du moins, n'avait pas cessé de me les faire miroiter, ces incroyables opportunités que j'étais censée avoir :

« "Tu peux obtenir tout ce que tu veux", ai-je dit. On ne t'a pas aussi rebattu les oreilles avec ça ? C'est la phrase sur laquelle a reposé toute leur éducation. Tu peux obtenir tout ce que tu veux.

– Oui, a dit Martha, n'empêche que maintenant elle est vexée de ne toujours pas être grand-mère. Tu la verrais parler des petits-enfants des autres, l'air toute triste, avec un haussement d'épaules.

– Moi, ma mère, elle me dit chaque fois : "L'essentiel, c'est que tu sois heureuse." »

À ces mots, Martha s'est mise à rire, pour la première fois depuis notre départ. Elle ne s'arrêtait plus, elle riait aux larmes, et moi aussi. Avec elle, je pouvais rire du malheur, rire aux éclats comme avec personne. C'était aussi pour ça que je l'aimais tant. Peu de femmes savaient rire du malheur, et encore moins du leur. Les femmes en parlaient plutôt jusqu'à pleurer, jusqu'à ce qu'il ne reste plus qu'un monceau de ruines. Un cliché peut-être, mais un cliché cent fois confirmé. En matière de souffrance, les femmes manquaient d'humour.

Ma mère n'avait rien à me reprocher sur ce point. Je lui servais du bonheur en veux-tu en voilà pour qu'elle soit satisfaite, de moi, d'elle, de son éducation. Elle me croyait, elle m'avait toujours crue.

Petra, à en croire Martha, avait dû attendre la mort de sa propre mère pour accéder enfin à la liberté. À ce moment-là, le combat pour la reconnaissance avait enfin cessé. Et aujourd'hui encore, Petra avait honte du bonheur qu'elle ressentait depuis le décès de sa mère.

« Je me demande, a dit Martha, enfin, si ça continue comme ça, qu'est-ce qu'on aura obtenu au bout du compte ?

– Les rêves de nos mères. Du moins, les petits. Regarde-nous, on traverse l'Italie !

– Mouais, a dit Martha. Si on traverse l'Italie, c'est parce qu'on s'occupe de nos pères, les ex-maris dont elles se sont débarrassées.

– Elles ne nous laisseront d'ailleurs rien d'autre en héritage. »

J'ai jeté un coup d'œil par la vitre, une carte postale se dessinait à l'horizon. Une image que tout le monde connaissait, que certains qualifiaient de merveille du monde.

« Regarde, ai-je dit. On s'est trompées. »

Martha a tourné la tête, ce n'était pas croyable. Sur la ligne d'horizon, la tour de Pise se dressait dans toute son absurdité.

« Elle paraît si petite. On dirait une réplique dans un parc d'attractions.

– À mon avis, c'est bien elle. Donc Florence, ce n'est pas ici.

– Tu veux y aller ? Puisqu'on est là.

– Non. D'ici, ça suffit.

– Bon. Ça, c'est fait aussi. »

Nous avons coché Pise dans nos têtes. Ce n'était pas à travers ses monuments que l'on comprenait un pays, mais dans ses bars, ses régions reculées et ses quartiers excentrés. On comprenait un pays là où il n'y avait rien à voir. Pour comprendre l'Italie, peut-être fallait-il miser sur une décharge illégale de produits toxiques ou sur le port de commerce de Naples. Mais nous n'étions pas là pour ça, nous ne faisions que passer, nous cherchions l'autoroute.

Un *road trip* ne débordait pas forcément de surprises, et chaque station-service n'offrait pas non plus la promesse d'un amour, d'une partie de jambes en l'air ou d'un crime. Ce condensé d'expérience sur la voie de droite n'arrivait que dans les films et les romans. La vie au contraire était lente. On pouvait souffrir des années du même chagrin d'amour, alors qu'au cinéma, n'importe quel loser, n'importe quel primate sauvait ou anéantissait le monde en une poignée de jours, à condition de ne croire qu'en lui et en sa force.

Peut-être était-ce l'âge. À quarante ans, nous n'avions plus vraiment le goût des surprises. Nous étions trop fatiguées pour chercher l'aventure. Des aventures, nous en avions eues par le passé, avec les catastrophes, les vaches maigres et parfois même le bonheur fugace qu'elles avaient entraînés, nous ne regrettions rien, mais les choses que nous devions faire uniquement pour les avoir faites étaient désormais rares. Nous nous étions habituées au deuil infime qui allait de pair avec cette fatigue. Nous nous contentions de rouler et de reprendre de l'essence de temps en temps. C'était la vie. Prendre de l'essence consistait pour la plupart en un voyage organisé, une croisière, une amourette. À la fin, peut-être mourait-on d'une morsure de serpent pendant une cure ayurvédique, dans un accident de la route à Londres ou au cours d'une attaque terroriste visant une plage paradisiaque, et, au fond, on n'avait pas vraiment commis d'erreur dans sa vie.

Une tombe à Bellegra

J'avais ce nom en tête depuis presque dix ans – Bellegra, un mot devenu promesse, perspective de délivrance. Tu étais donc là-bas, et tu resterais là-bas.

Nous avions raté Florence, ignoré Pise, Sienne, Orvieto et Rome, et nous traversions maintenant le Latium par la route nationale, une région boudée par le tourisme, pas assez pittoresque et à peine accessible, avec une mer hors de portée et des montagnes riquiqui. Une région où l'on vivait parce qu'on y était retenu, par la famille, la tradition, le manque de possibilités ou d'énergie. Une région rude, qui se contentait de peu et ne se préoccupait pas de son apparence. Si on dégotait ici un Allemand avec un chapeau de paille, je voulais bien descendre une bouteille de grappa cul sec, avais-je annoncé à Martha.

Elle m'avait repassé le volant et somnolait sur le siège passager. Elle paraissait enfin détendue, même si elle restait cramponnée à son téléphone, qui ne lui donnerait que de mauvaises nouvelles. Tant qu'il se taisait, du moins, tout allait bien. À notre arrivée, l'endroit nous a accueillies avec un arrêt de bus et un bar, le Belvedere, qui ressemblait à un PMU surdimensionné. On m'avait rarement souhaité la bienvenue de manière aussi sinistre.

Je me suis garée près de l'abribus, et j'ai demandé au bar l'adresse d'un hôtel.

Je n'ai pas compris la réponse, elle comptait beaucoup de mots, beaucoup trop, dans une langue qui me paraissait familière, mais à tort, une belle hypocrite dont les intentions restaient floues. J'ai compris en revanche les mouvements du barman, ses mains, ses bras, son corps tout entier dessinaient un mouvement ascendant, une série de lignes sinueuses vers le haut. Sans doute la direction. Quelque part là-haut, il y avait un endroit où loger.

Nous avons emprunté la seule route assez large pour une voiture allemande. Tous les magasins étaient fermés, tout était désert, sauf la place de l'église, où quelques vieillards ont soulevé leurs paupières fatiguées sur notre passage, et tordu leur cou raide en nous regardant nous éloigner comme une chance manquée.

Nous sommes arrivées à un embranchement : à gauche la route redescendait, tandis qu'à droite, elle dessinait un virage escarpé, dans lequel je me suis engagée, souffle coupé, moteur hurlant. Elle aboutissait à une grille en fer.

Martha et moi sommes sorties de la voiture. Aucun nom, pas de plaque, rien que la maison que nous apercevions plus loin, trônant sur la colline, une habitation modeste, transformée en château par sa seule situation. Nous avons remonté à pied une allée sans fin, dans un silence qui donnait une tonalité funeste au crissement de nos pas sur le gravier. Nous n'entendions que mes ahanements, et j'en avais honte, vis-à-vis de moi, de Martha. Martha qui se préparait à la venue d'un enfant ou, plus exactement, qui avait préparé son corps pour qu'il supporte toutes les douleurs et soit habitable sans risque. Elle n'avait jamais été en aussi bonne santé qu'aujourd'hui, à trente-neuf ans.

J'ai raffermi mon pas, qui a crissé plus fort. Je ne me séparerais jamais de la cigarette, comme, étrangement, je ne me séparais jamais des gens et des choses qui m'étaient néfastes. Quand j'ai relevé la tête, nous étions arrivées au point le plus élevé du hameau, une terrasse avec vue sur l'ensemble de la vallée, jusqu'aux montagnes distantes de plusieurs kilomètres, derrière lesquelles le soleil disparaissait à ce moment précis.

« Punaise, a dit Martha.

– Tu l'as dit. »

Nous essayions toutes les deux d'éviter le mot « beau ». Comment pouvait-on simplement qualifier de beau ce qui l'était tant ? Martha a passé son bras autour de mes épaules.

« Ça va », a-t-elle dit.

Pendant un instant, j'ai eu l'impression que nous étions arrivées. Être arrivé – un sentiment que les lieux les plus paisibles offraient quand le pire était passé. Le moment était venu d'inspirer à fond, l'impression s'effaçait déjà à l'inspiration suivante, reparaissait peut-être encore une fois avec le premier verre de vin, avant de disparaître complètement, et la roue continuait de tourner.

L'établissement comptait deux appartements de tourisme et quatre chambres doubles, tout était libre. La saison était brève et loin de commencer. Au plus fort de l'été viendraient les Romains fuyant la chaleur. La logeuse me rappelait Francesca, elle avait sans doute le même âge, mais chez elle, les années se voyaient davantage. Nous l'avions réveillée. Pâle, le cheveu plat, elle se tenait en peignoir devant nous et n'essayait même pas de sourire. Je n'étais pas certaine qu'elle ait déjà tenté l'expérience.

Elle a grogné qu'elle allait nous préparer une chambre double, qu'il ne fallait pas demander plus. Puis elle nous a envoyées chez Sergio, au village en bas, où l'on vendait de la pizza. Selon elle, nous ne trouverions rien d'autre, rien à des kilomètres à la ronde, pour aujourd'hui rien que de la pizza. Pizza – ce mot figurait parmi les rares que nous ayons compris, entre des centaines d'autres qu'elle déversait à toute vitesse d'une voix tonitruante. Il n'y avait qu'une chose à comprendre : nous ferions mieux de nous éclipser.

Dans ce domaine, nous avions de l'entraînement. Martha marchait devant moi dans les ruelles de ce qui n'était ni vraiment un village, ni une ville, dans ce que je ne pouvais qualifier que d'endroit parce que je ne m'autorisais pas à employer le terme de bourgade. Parce qu'aucun homme de *son* envergure n'aurait pu être originaire d'une bourgade.

Nous descendions des escaliers dans l'obscurité. Une odeur de vieux et de putréfaction stagnait entre les murs, à croire que le linge propre étendu d'une façade à l'autre n'avait pour fonction que de combattre la puanteur. Les téléviseurs bourdonnaient, les enfants criaient, le brouhaha des familles derrière les vitres rivalisait avec le silence des ruelles. La rue descendait toujours, jusqu'à une gargote isolée où nous avons aperçu de la lumière et, derrière le four, un homme, sans nul doute Sergio, qui a levé la tête. Des braises à peine rougeoyantes, une poignée de main pour nous accueillir, nous étions les seules clientes. Debout au milieu de la salle, un peu perdues, nous ne savions pas où nous asseoir. Finalement, Martha a choisi une table dans le coin du fond, où elle s'est calée contre le mur, peut-être à la recherche d'un soutien.

« Quel endroit désolé », a-t-elle dit. Pour ma part, il m'apparaissait taciturne et en même temps indigent, comme quelqu'un resté seul trop longtemps.

J'ai remarqué combien il m'était difficile de parler dans cet endroit. Combien les mots me paraissaient insignifiants aussitôt prononcés. Il me semblait avoir fait le voyage jusqu'à une réalité que j'avais toujours eue en tête, mais que je ne parvenais pas à affronter.

Assises face à face, le ventre vide, nous observions en silence les tableaux pendus au mur, des femmes à demi nues et des volcans en éruption, tandis que Martha, l'air crispée, lissait la nappe à carreaux – l'une de ses plus vieilles manies. Comme si elle pouvait ainsi aplanir tous les tourments.

« Espérons qu'elle servira à Kurt du steak grillé, a-t-elle dit. Il aime ça. »

J'ai posé ma main sur la sienne, et nous nous sommes mises à lisser ensemble l'étoffe grossière.

Le patron nous a servi des pizzas capricciosa qui, à cet instant, nous ont semblé le meilleur des repas. À la première bouchée, Martha a grogné doucement. Être ailleurs produisait toujours cet effet, surtout quand cet ailleurs se situait au sud ; tout pouvait y être une révélation, tout devenait plus léger, et l'on rapportait chez soi des souvenirs qui pourrissaient déjà sur le chemin du retour. Martha a examiné l'étiquette de la bouteille de vin.

« Il vient d'ici, a-t-elle dit. Cesanese.

– Connais pas. Trop mauvais pour être exporté, sans doute. Alors ils sont obligés de le boire eux-mêmes. »

Elle a trouvé qu'une fois de plus, j'exagérais, et demandé si je préférais être seule.

« En général, tu veux dire ?

– Non. En général, tu *es* seule, Betty. Ce que je veux dire, c'est là, maintenant ? »

Je n'en savais rien moi-même.

« Bon, ai-je dit, peut-être que demain, effectivement, ce serait bien que je sois seule. Juste quelques heures. C'est une affaire entre…

– Entre toi et lui, je comprends, a dit Martha.

– J'ai bien peur que ce ne soit qu'entre moi et moi, à vrai dire. »

Quand on parlait à quelqu'un qui nous avait quittés depuis longtemps, on ne le faisait que pour soi. Peu importe qu'il s'agisse de séparation ou de mort, on ne s'adressait de toute façon plus qu'à soi-même. Celui qui restait voulait toujours parler. Mais il n'y avait en général personne pour répondre.

Derrière la fenêtre, des lucioles brillaient dans les buissons comme des pointeurs laser.

« Et sinon, quelqu'un habite encore ici ? a demandé Martha.

– Oui, Sergio.

– Je veux dire : quelqu'un de sa famille – ils vivent encore ici ?

– Il n'a jamais parlé de sa famille, c'est à peine s'il a évoqué cet endroit, sauf sa mère morte, ça, je m'en souviens. Elle venait même gonfler les rideaux du salon, chez nous. Mais uniquement la nuit, quand il dormait sur le canapé et qu'il était seul. Le matin, il jurait que toutes les fenêtres étaient restées fermées, que ce n'était pas le vent. Je l'ai vue, répétait-il chaque fois. Aujourd'hui, je dirais que c'étaient des foutaises de catho. À mon avis, ça venait du chauffage, de l'air chaud qui montait dans les rideaux. Et puis, je suppose qu'il était ivre. C'est d'ailleurs pour ça qu'il passait la nuit sur le canapé.

– Il doit bien y avoir encore quelqu'un ici, s'est entêtée Martha.

– Quelqu'un l'a fait enterrer ici, oui. Mais je ne suis pas certaine d'avoir envie de rencontrer son entourage. D'apprendre sur lui des choses dont je ne savais rien jusque-là.

– Peut-être que ce serait bien, a poursuivi Martha, que tu apprennes du nouveau ici.

– Ou peut-être pas. »

J'avais soudain le sentiment de devoir défendre l'image que je gardais de lui. Cette image de moi à neuf ans, dans la cuisine avec lui, ma tête collée contre son ventre, cette image de nous préparant des pâtes avec la machine et tendant des cordes à linge d'un mur à l'autre pour faire sécher les spaghettis. Rien ni personne ne devait altérer cela, et ici, pour la première fois, je craignais qu'on puisse salir cette image, la faire voler en éclats.

« Betty, ce n'est pas sain.

– Toi et ta vie saine ! Je n'en veux pas, de ce qui est sain. Pour moi, quand c'est sain, c'est merdique. Sain, bien en ordre et passé à la moulinette psy. Ce n'est pas mon truc.

– Tu parles comme une gamine de dix-huit ans. Pour mourir jeune, il est trop tard, tu as déjà quarante ans. À un moment, ça devient ridicule. Ce type vous a laissées en plan, ta mère et toi, et il ne s'est plus jamais manifesté.

– Faux. Il a quitté ma mère, et elle lui a défendu de reprendre contact. Et par égard pour elle, il ne s'est plus manifesté non plus auprès de moi. »

Martha a regardé par la fenêtre les lucioles et leur ballet scintillant.

« Bizarre, a-t-elle remarqué, elles sont très précoces. Elles ont au moins deux mois d'avance sur la saison. »

Un spectacle fabuleux se déroulait dehors, dans les buissons – la trépidation de dizaines de lueurs minuscules.

« C'est pour s'accoupler, a dit Martha, qui savait que je ne connaissais rien à la nature. De vilains coléoptères. En fait, elles sont moches comme tout de jour, mais la nuit elles scintillent.

– Comme moi », ai-je dit, et je suis sortie fumer une cigarette et voir de plus près mes nouvelles âmes sœurs.

Quand j'ai ouvert la porte, elles ont volé en nuées dans ma direction et se sont ruées sur les lampes. Complètement désorientées, elles se posaient sur les bras de Martha, à croire qu'elles étaient devenues folles. Il fallait avoir perdu la tête pour ne plus craindre les humains.

Lorsque le téléphone de Martha s'est brièvement allumé pour signaler l'arrivée d'un message, l'une des lucioles s'est ruée sur l'écran éclairé. Une luciole tentant d'engrosser un iPhone – j'avais rarement vu quelque chose d'aussi glauque.

* * *

Le lendemain matin, je me trouvais là, seule.

Des tombes par centaines, par milliers. Quarante ou cinquante le long de chaque mur. Et puis les caveaux de famille, *Famiglia Tranquilli*, *Rocchi*, *Santese*.

Devant chaque tombe, une loupiote électrique en forme de bougie, et de vraies fleurs. Des fleurs et encore des fleurs. Des photos et encore des photos, fixées au-dessus des noms dans des cadres ovales. Toujours plus de tombes, en rangs serrés au sol, et je cherchais ton nom dans la crainte de trouver ton visage. Plus de vingt-cinq ans s'étaient écoulés depuis que nous nous étions vus la dernière fois, et après, rien. Ni lettre ni appel, pas même une photo.

Des tombes creusées récemment ou tout juste vidées. Partout, des couples. Presque personne ne gisait seul. Et toi, avais-tu vécu seul ? Y avait-il eu quelqu'un à tes côtés à ta mort, quelqu'un te rejoindrait-il sous terre ? Était-il permis que ce soit moi ? J'aimerais bien.

Les tombes étaient trop nombreuses, elles s'alignaient sans fin. Des tombes sur deux étages, formant des pâtés de maisons, et devant, des échelles sur roulettes en aluminium et des bidons de détergent vides. À quelques mètres les uns des autres, de petits passages s'ouvraient sur les côtés, des culs-de-sac obstrués par des grilles.

Je cherchais, cherchais encore, forcée par moments de m'asseoir, incapable de déchiffrer cette multitude de noms, la vue brouillée devant tous ces morts, avant d'arriver à une petite chapelle avec, dedans, quatre bancs étroits en bois. Les murs étaient écaillés, les images du Christ défraîchies alors que le soleil n'entrait jamais. Trois arrosoirs en plastique jaune et une chaise en alu.

Je ne t'ai pas trouvé.

Plus loin, des vieilles se disputaient, ou bien elles discutaient. Comment aurais-je pu percevoir la différence ? En m'approchant, j'ai reconnu notre logeuse, qui m'a dévisagée avec surprise, mais sans la moindre sympathie, ses yeux perçants rivés sur moi. Je me suis éloignée, un couteau planté entre les omoplates.

Des lézards se sauvaient en travers des chemins, et je ne voyais plus que du marbre, des fleurs, des lettres dorées, mais toi, je ne te voyais pas. Pourtant, après tout ce temps, toute cette attente, tu devais bien être ici, quelque part.

Je n'avais même pas su que tu étais mort, même pas reçu de faire-part de décès. Mais la lettre que je t'avais envoyée m'était revenue. La seule que je t'aie écrite. Un jour, par hasard, j'avais poussé la porte d'un restaurant dont le propriétaire s'était avéré un de tes vieux amis. Nous nous étions peu à peu reconnus. Autrefois, toi et moi avions été des habitués de son ancien restaurant, il ne nous faisait jamais payer.

Sans en évoquer les raisons, il avait dit ne plus t'avoir vu depuis bien longtemps, mais il m'avait écrit ton adresse sur une serviette, avec pour mission de te transmettre son bon souvenir. Une adresse dans la banlieue de Hambourg. Pendant des semaines, la serviette est restée posée sur mon bureau, jusqu'à ce que je trouve à tâtons les premiers mots prudents. Je n'ai pas trouvé en revanche le courage de te rendre tout simplement visite. La lettre m'est revenue tamponnée de la mention : « N'habite plus à l'adresse indiquée ». Tu avais disparu, et pendant des années il en a été ainsi, avant que j'apprenne ta mort. Ma mère, mise au courant par hasard lors d'une fête, par de vieilles connaissances à demi oubliées, me l'a répété presque en passant.

Finalement, j'ai retrouvé ton plus vieil ami, dont le nom de famille m'était resté en tête, simplement parce que tu l'avais toujours appelé ainsi. Il m'a nommé l'endroit où on t'avait enterré. Bellegra. Il n'a rien raconté d'autre, tu avais disparu depuis longtemps de sa vie aussi. Je ne disposais que de ça, de cet endroit et de l'espoir que ça suffirait, qu'un jour je viendrais ici, quand je serais prête. Je n'avais pas imaginé qu'il me faudrait dix ans avant d'y parvenir. Je ne savais pas à quel point le deuil pouvait être tenace. Qu'il ne se jouait pas dans l'excès, mais se manifestait par à-coups, s'immisçait, se déposait sous ce qui nous servait de peau.

Au fil du temps, la peau ne devenait pas plus dure, elle se boursouflait.

Lentement, j'ai continué à longer les rangées de tombes, presque à bout de forces.

J'aurais tellement aimé porter ton nom. D'abord, j'avais rêvé d'adoption et, plus tard, de mariage. Ton nom. Ton nom, soudain sous mes yeux, gravé dans la pierre.

Ernesto Carletti
6.11.1946 – 12.4.2007

Deuxième étage en partant du bas, troisième colonne depuis la gauche. Je me suis détournée, le regard portait loin dans la vallée. Il faisait froid là où tu gisais. L'emplacement devait demeurer dans l'ombre en permanence, aucun rayon de soleil ne l'atteignait, jamais. Comment pouvait-on construire une chose pareille ? Une tombe sans lumière. Mais non. Tu étais toi-même le soleil, et peu m'importait que ça sonne pathétique et trivial. J'avais six ans, et tu étais pour moi le soleil avec un ventre. Je n'en ai plus connu d'autre.

Désormais, tu te réduisais à un nom sur une plaque en marbre. Chez toi, pas de photo comme chez les autres. Partout, des allées, des grilles, et de la lumière seulement sur les tombes les plus imposantes, comme si le soleil ne revenait qu'à ceux qui en avaient les moyens. À quoi ça rimait ? Que faisais-tu ici ?

Quand tu t'es installé chez nous, je n'étais plus un bébé, mais une petite fille de six ans, une petite fille qui voulait te plaire. Plus tard, je suis tombée amoureuse d'hommes qui te ressemblaient, je tombais amoureuse du souvenir que je gardais de toi. La sécurité que tu me procurais n'est jamais revenue. Je ne l'ai retrouvée dans aucune étreinte. Il valait peut-être mieux que tu aies disparu avant que j'atteigne l'âge adulte. À quel avenir aurions-nous pu prétendre ? Et en même temps : quel aurait été cet avenir ?

Je ne savais pas pourquoi il avait fallu que j'aie quarante ans pour comprendre ça. N'importe quel thérapeute digne de ce nom me l'aurait dit au terme de la première séance. Ces gens-là prenaient le mal, quel qu'il soit, à la racine. On consultait pendant deux ans, on se laissait sortir ledit mal de la tête et, à la fin, on n'avait plus aucune racine, on n'était même plus un légume, on était seulement délivré et prêt pour une relation. Au lieu de cela, je me tenais devant ta tombe. Cette racine absurde de pierre et de poussière.

J'ai enjambé les sépultures, dévalé la montagne et filé dans les ruelles de ton enfance. L'endroit d'où tu venais et où tu étais enterré n'avait rien à voir avec nous. Ton histoire n'était pas la nôtre. Ici, je n'existais pas, et c'était difficile à supporter. Un amour inconnu à cette adresse.

Je ne te voyais nulle part, et je te voyais partout. Tu venais à ma rencontre, tu me suivais du regard. Je te voyais dans le visage des autres, souvenir dans le visage des anciens, ou plus encore empreinte dans celui des enfants, qui auraient pu être les tiens, tes petits-enfants ou tes neveux. Peut-être vivais-tu en chacun d'eux puisque l'autre option – que tu ne sois plus, plus du tout – relevait pour moi de l'impossible. Je te voyais parmi ces ombres.

Avais-tu eu des enfants, après moi, des enfants à toi ? Avais-tu parcouru ces ruelles jeune homme ? Avais-tu aimé quelqu'un avant de vivre avec nous ? Je ne t'ai jamais posé la question, je pensais que nous avions le temps. Je ne savais pas à cette époque ce que c'était de disparaître. Que tu sois là me suffisait, je ne voulais pas savoir d'où tu venais, et certainement pas où tu irais.

C'est dans un cercueil que tu es revenu ici. Un fils perdu pour le village. Un père perdu pour moi. Tu en as provoqué, du gâchis, dans ta vie.

Cet endroit comptait plus de morts que de vivants, et plus de charcutiers que de coiffeurs. Ici, on appelait tout le monde *ragazzi*, on saluait d'un *Ciao bella* les octogénaires dégarnies, le vin se vendait dans des bouteilles en plastique à un euro cinquante le litre.

Et l'air que tu chantais autrefois ne cessait de vrombir dans ma tête. Un supplice. De la variété on ne peut plus pourrie. En cuisinant, tu fredonnais le pire de la pop italienne. À quoi ça rimait, tout ça ?

Le village où tu avais vu le jour ressemblait à une peinture. Tu venais d'un putain de tableau, tu sortais tout droit du romantisme. Pourquoi un homme tel que toi était-il allé se farcir la réalité allemande ?

Au bureau de tabac, les grands-mères grattaient leur ticket-bonheur, un minuscule bonheur pour lequel elles dépensaient les dernières piécettes de leur retraite. Elles se pressaient dans les dix mètres carrés de la boutique, où l'on vendait des cartes postales de Rome et une seule de cet endroit, vieille d'au moins quinze ans. Coincées derrière la porte qui les repoussait contre le mur, elles baissaient le front sur leurs tickets, leurs cabas à terre remplis de courgettes, de pain, de saucisses artisanales. Des camionnettes à trois roues chargées de fruits passaient, les promotions criées dans le mégaphone résonnaient dans les ruelles. Les vieilles aux fenêtres regardaient les vieux en contrebas. Partout, des vieux ou des enfants. Les jeunes étaient à Rome et gagnaient leur pain sec. La nuit, on les entendait de loin bavarder et rire, en bas, à la gare routière et au bistrot, le Belvedere. Le jour, l'endroit se mourait. Des hommes et des femmes décrépits entre des murs depuis longtemps délabrés. Des latrines extérieures démolies il y a des décennies, dont il ne restait plus qu'une chasse pendue au mur, rouillée, prise dans la muraille. Des escaliers qui montaient et descendaient, des escaliers partout, un bout de ciel au-dessus, du linge et des images de la Vierge. Sur les pierres, de microscopiques araignées vermillon, une rougeole galopante.

Je comprenais que tu aies quitté cet endroit. Avec ses volets verts collés aux façades délavées et ses chaises en plastique blanc devant l'église. Avec ses couleurs noyées, écaillées. Avec cette seule occupation qui restait, étendre le linge multicolore aux fenêtres. Dans les ruelles étroites, le désir de s'enfuir pouvait prendre le dessus. Au tournant suivant, il pouvait te sauter à la gorge, s'agripper à toi et ne plus te lâcher les tripes. Cet endroit était en perpétuelle détresse respiratoire. Dans l'exiguïté de sa grisaille, on pouvait se scléroser de l'intérieur.

T'arrivait-il de penser au passé ? Comme je le faisais depuis ton départ cruel. J'avais refusé de grandir, le savais-tu ? J'avais douze ans à l'époque et, parfois, je me dis que je n'ai plus grandi depuis, je me suis seulement endurcie. C'est arrivé d'un coup, de la même manière que j'ai brusquement cessé de grandir ce jour-là. Tu es parti et je suis restée là, mettant dans cette immobilité toutes les forces que je pouvais encore rassembler. Même avant, j'avais été une enfant têtue, à ce qu'on dit. Je n'ai pas le moindre souvenir d'avant mes six ans. Tous les souvenirs commencent avec toi.

En bas, au village, entre la boutique de vêtements Mampieri et l'épicerie fine, elle aussi surmontée d'une enseigne Mampieri, je me suis arrêtée devant la vitrine d'un agent immobilier. Ici, l'inscription « Da vendere » était placardée sur de nombreuses portes ou affichée aux fenêtres brunies par la crasse. Derrière, des appartements vides et oubliés, où des vieux avaient fini leurs jours, où moisissaient en silence des meubles dont personne ne voulait, où les animaux venaient chercher refuge l'hiver. Il ne fallait pas plus de vingt mille euros pour en devenir l'heureux propriétaire.

Je n'avais jamais eu d'argent, je ne comprenais rien à l'immobilier, mais même à moi, ce marché semblait dévasté. Vingt mille euros pour un deux-pièces, cuisine, salle de bains, ce n'était pas peu, ce n'était rien. Une pensée fugace : disparaître dans cet endroit, me cacher ici dans les montagnes, dans une petite ruelle sombre, avec vue sur des escaliers érodés sans lumière. L'orientation importerait peu. Ici, les maisons étaient si proches les unes des autres qu'il fallait de toute façon sortir pour voir le soleil.

À gauche, le village prenait fin, une pente venait buter sur une route de campagne, puis plus rien. Des montagnes. L'écho d'une messe me parvenait, mais je ne voyais pas d'église, mes regards se cognaient toujours à une façade. Tout tombait en ruine. Des herbes poussaient aux fenêtres entre des morceaux de vitres. Et partout, des antennes paraboliques. Le Moyen Âge était à la pointe. « Piazza » désignait tout et n'importe quoi, même l'arrière-cour et ses poubelles. La ville basse existait bel et bien. Une tombe à ciel ouvert.

* * *

Des taches sombres dansaient au plafond telles des ombres, mais rien ne bougeait dans la chambre. J'étais allongée, figée, et je me sentais toute drôle. J'avais fini ma boîte de médicaments juste après la frontière italienne, je n'avais pas prévu de partir aussi longtemps. Je voyageais à présent sans provisions ; dans mes bagages : une dépression par sevrage.

Pendant deux ans, j'avais pris chaque jour une pilule, puis davantage, jusqu'à ce que le médecin m'estime « bien dosée ». Son langage m'avait plu, et le fait qu'il m'indique à plusieurs reprises de ne surtout pas arrêter le traitement d'un coup. Il fallait « alléger progressivement » la dose. C'est aussi le protocole qu'on devrait suivre dans les relations humaines, m'étais-je dit, les gens devraient s'alléger progressivement, réduire la dose jusqu'à ce qu'on puisse se passer entièrement de leur présence.

Mais voilà, je me retrouvais dans cette Italie fatale sans le moindre comprimé, et plutôt qu'un allègement progressif, j'avais droit à l'équivalent d'une rupture par SMS.

Ma bouche était pleine de clous, ma salive métallique, ma langue peu à peu insensible. Rien que de la tristesse à se mettre sous la dent, ça gâchait l'appétit. Quelque chose explosait en moi, pénétrait mes organes, suintait par chaque pore. Peut-être étaient-ce tous les vides laissés, je perdais le compte, je ne savais plus où ils commençaient ni où je m'arrêtais.

* * *

« Habille-toi ! a dit Martha. En bas, ils font la fête ! »

Assise sur le rebord de mon lit, elle me secouait le bras. Depuis combien de temps se tenait-elle là ? Aucune idée, d'ailleurs ce réveil n'était qu'un point d'interrogation – où étions-nous, quel jour était-ce, et pourquoi tout ça ? J'ai quand même reconnu mon amie Martha, qui avait l'air survoltée et sentait une drôle d'odeur.

« Allez, s'est-elle exclamée. On est en Italie ! Il y a une fête avec du vin, du lard, des feux d'artifice !

– Ils n'auraient pas dû se donner cette peine. »

Martha avait passé la journée en bas, au Belvedere, à essayer de s'oublier et d'oublier Kurt. Incarnation de la joie de vivre éperdue, elle se trémoussait sur le rebord du lit et tentait de me lever.

« Le nouveau maire paie sa tournée !

– Tu sens bizarre. »

Martha s'est contentée de hausser les épaules. « Ben, on pue. Ça fait des jours qu'on ne s'est pas changées. Tu t'attendais à quoi ? Et puis, on n'est pas à Florence ni à Venise, tout le monde pue ici. Tu peux me croire !

– J'aimerais mieux pas. »

Dehors, les nuages étaient si bas, si denses que la vallée semblait se consumer sans bruit. Coincées ici, tout en haut, nous serions les dernières, celles pour qui ne viendrait plus aucun secours.

La tombe d'Ernesto, mes cachets – je parlais, et je sentais bien que c'était confus, que les pensées ne s'articulaient pas en phrases, que tout demeurait flou parce que j'avais moi-même le plus grand mal à me comprendre. Martha s'est penchée vers moi, pour une étreinte dont nous avions besoin toutes les deux.

« Betty, c'est ce qu'il me faut maintenant. Une fête avec des gens qui ne savent rien de nous, qui ne veulent rien de nous. Pour qui on n'est que deux amies en vadrouille. »

Ce qui, dans l'absolu, paraissait une idée tout à fait sensée.

« Lève-toi. S'il te plaît. Tu vas devenir dingue à rester enfermée comme ça. »

Avec l'impression de peser une tonne, je me suis extirpée du lit tant bien que mal, j'ai enfilé mes vêtements, et Martha m'a tirée derrière elle le long des ruelles, guidée par la musique qui, de loin, me faisait déjà froid dans le dos.

Devant la mairie, il y avait du vin gratuit et, sur une estrade, perché sur des baskets à semelles compensées de cinq centimètres, le nouveau maire, qui ne dépassait pas le mètre soixante. Son discours terminé, il a agité la main en envoyant à la foule des baisers ridicules. Un mécanicien, les doigts collants de cambouis, a attrapé le micro et chanté du Frank Sinatra. Les enfants dansaient, les parents s'enfilaient du vin en cubis de vingt litres, et tout autour de moi abondaient les strass et les paillettes, les jeans moulants mais qui pochaient quand même, les rock stars délavées sur des tee-shirts presque transparents, les ventres gras, les baskets jaune fluo. Qui avait décrété que les Italiennes s'habillaient toujours bien ? Ici, c'était une Italie au rabais. Une merveille.

Le maire a été couvert de *complimenti*, de bises sur les deux joues, y compris de la part de Martha qui, de toute évidence, avait commencé sa mise en jambes dès le déjeuner. Le nouveau pouvoir élu n'était pas un parti, comme elle me l'a appris, mais un tas de jeunes qui voulaient tout changer. Et ils avaient l'air vraiment très jeunes, ou alors j'avais vraiment beaucoup vieilli – comment savoir.

Les hommes cherchaient mes mains du regard, et la bague qui faisait de moi une intouchable. J'aurais dû m'en procurer une. Se rendre sans alliance à ce genre de fête revenait plus ou moins à s'y présenter nue. On nous a offert des sièges, les conversations fusaient, les gens riaient et tout me paraissait faussé parce que j'étais ici sans toi, parce que tu reposais sous une dalle.

De l'autre côté de la place, j'ai repéré notre logeuse, assise à une table plus calme que les autres. Il me semblait entendre son silence gronder à distance. Tout le monde, ou presque, contournait son petit groupe, et plus j'observais les va-et-vient autour de nous, plus je cernais les inimitiés silencieuses à l'œuvre ici depuis peut-être des générations. On ne se faisait pas la guerre, on se contentait de s'éviter. C'était le lot des petits villages, ai-je pensé, on en savait trop les uns sur les autres.

J'ai bu et mangé ce qu'on nous apportait, du jambon, du pain et du vin à profusion. Nous avons levé nos verres, et j'ai souri à Martha qui paraissait de plus en plus survoltée, tandis que je m'enfonçais dans le silence. J'essayais pour elle l'humeur festive, mais sans succès.

Après le feu d'artifice, j'ai pris congé avec des remerciements chaleureux et sans vaciller. La vie m'avait appris quelques principes, et l'un d'eux disait : mange comme un homme, bois comme un homme et prends congé comme une dame.

Martha me retenait, presque passionnément et, en même temps, comme souvent quand elle était ivre, sans réelle conviction. Nous ne nous étions encore jamais tenu rancune d'abandonner l'autre en compagnie d'hommes éméchés. Dormir, voilà ce qu'il me fallait, a-t-elle dit, cuver tout ça, comme si je pouvais vraiment me réveiller différente à l'aube d'un nouveau jour. J'ai hésité un instant, mais elle se détournait déjà, riant fort, les joues rouges.

J'ai grimpé la colline par les ruelles étroites, la musique dans le dos et le manque au ventre. Je me suis traînée jusqu'à la chambre, du balcon je voyais le cimetière illuminé, les petites bougies électriques devant chaque tombe. On aurait dit un HLM où personne ne dormait. Je n'étais pas fatiguée. Je ne pouvais pas me refréner.

* * *

Le bruit des tondeuses m'a réveillée. Elles slalomaient dans les oliveraies et fauchaient le printemps.

Martha, vêtue de pied en cap, était allongée à côté de moi dans le lit, elle sentait le bouchon, et tout en elle m'apaisait. J'avais les ongles incrustés de crasse, le bout des doigts en sang et les mains égratignées. Avant de reprendre complètement mes esprits, j'ai entendu frapper à la porte. Pas un doux tapotement matinal, mais le martèlement d'une furie dont les hurlements, de l'autre côté de la porte, ressemblaient à s'y méprendre à « Polizia ! ».

J'ai entrouvert la porte, et Martha un œil. Dans le couloir, notre logeuse gesticulait. J'ai montré mon corps à peine vêtu et refermé la porte.

« Qu'est-ce qui se passe ? a demandé Martha alors que j'enfilais mon pantalon.

– Police. »

Elle s'est redressée et m'a regardée entre ses paupières collées. Elle s'efforçait de rendre son regard pénétrant, c'en était touchant.

« Je suis retournée au cimetière la nuit dernière, ai-je avoué.

– C'est puni par la loi ? »

Ces dernières heures, l'idée ne m'avait même pas effleurée, les lois, les règles, les convenances, rien de cela ne relevait pour moi de catégories pertinentes. À présent, les détails engloutis dans la pénombre refaisaient lentement surface. J'avais escaladé le portail verrouillé, posé ma tête contre la tombe, gratté avec mes ongles, cogné avec mes poings. Pendant mon récit à Martha, j'ai dû m'asseoir sur le rebord du lit tant je tanguais entre honte et épouvante.

« À mon avis, a-t-elle affirmé la langue pâteuse, on va avoir besoin de l'Allemand. »

L'homme, qui s'appelait Wolf, s'était assis à côté d'elle en fin de soirée, il lui avait déroulé le topo habituel, l'histoire du village, l'architecture, l'huile d'olive, il savait tout sur tout, possédait une maison dans le coin depuis des décennies. Mais quand elle l'avait interrogé sur Ernesto, il s'était tu. Il n'avait qu'un conseil à lui donner : ne pas harceler les gens, et surtout pas la vieille.

« Qu'est-ce que ça veut dire ?

– Aucune idée, a dit Martha. Mais il y a un truc ici qui ne tourne pas rond. »

Nous avons entendu le policier appeler d'en bas, j'en ai conclu que je devais me dépêcher, comme dans les films où on ne laisse pas au suspect le temps de détruire les preuves. Sauf que moi, je les avais incrustées sous les ongles.

« Je lui passe un coup de fil, a dit Martha.

– À qui ?

– À l'Allemand, bien sûr. Il pourrait nous aider. Et puis, il faut que quelqu'un traduise, sinon tu vas finir direct en tôle. Un malentendu en entraîne un autre, et tu te retrouves avec je ne sais combien de crimes sur le dos. »

Elle exagérait un peu à mon goût, mais elle avait raison. Il nous fallait un interprète.

Un homme en uniforme fumait sur la terrasse, les muscles autrefois rebondis par la gonflette, désormais transformés en masse graisseuse. Il m'a saluée d'un signe de tête sceptique, et j'ai refusé d'aborder quoi que ce soit sans le fameux Wolf. D'ici là, nous n'avions rien à nous dire, tandis que le brouillard montait lentement de la vallée et que la logeuse n'en finissait plus de me dévisager. De toute évidence elle me détestait, sans que je comprenne très bien pourquoi. Il arrivait qu'on soit le couteau dans une plaie dont on ne savait rien, qu'on éveille des souvenirs dont on n'était aucunement responsable. Je l'ai observée : son corps était tendu, et ses mains sur les accoudoirs, crispées au point de laisser croire à du désespoir.

Après une demi-heure interminable, à peine supportable, on a entendu ahaner sur le chemin gravillonné. Wolf était un monsieur de soixante-quinze ans et, d'après ce que Martha me glissait, un écrivain qui, soi-disant, à une époque, avait été célèbre. Où qu'on soit, il y avait toujours un écrivain allemand pour se radiner. Celui-ci, à en juger par l'état de décrépitude de son visage, faisait partie de ceux qui donnaient dans l'œuvre autobiographique. Quand cette histoire serait terminée, je m'achèterais un de ses bouquins.

Il portait un costume en lin, une chevalière à l'auriculaire et, je suis bien obligée de le dire, un chapeau de paille. De toute façon, je n'avais plus besoin de ce prétexte pour descendre une bouteille de grappa cul sec.

Wolf a salué l'assistance d'une courte révérence qui, m'a-t-il semblé, lui a fait craquer chaque vertèbre, et il s'est assis à table à côté de Martha.

Ernesto Carletti, a commencé le policier, ce nom me disait-il quelque chose ? Il prononçait avec un certain mépris ce patronyme prétendument tabou ici, et j'ai réfléchi. Ce n'était pas une mascarade, je me demandais réellement si nier pouvait me mener quelque part. Personne n'établirait de lien entre toi et moi, car il n'en existait pas, aucun document n'en faisait mention, et le cours de la vie avait détruit depuis longtemps les dernières preuves.

« Votre mari ? m'a interrogée le policier, et Wolf a traduit sans me regarder.

– Ce n'était pas mon mari.

– Votre père ?

– Ce n'était pas mon père. »

Nier ne mènerait nulle part, ne me mènerait nulle part. Le visage de la logeuse me révélait des enjeux cachés et la possibilité de découvrir une histoire, si seulement je le voulais.

« C'était l'homme que j'aimais comme on aime un père, ai-je dit. Et le père que j'aimais comme on aime un homme. »

Le policier s'est allumé une cigarette et a pris des notes dans un carnet avant de relever les yeux vers moi.

« Vous avez profané sa tombe. Vous avez essayé de la forcer avec une pelle. Vous avez troublé le repos des morts. »

Wolf traduisait sans laisser paraître la moindre émotion. Je commençais à l'apprécier. Quant à cette histoire de pelle, je n'en avais aucun souvenir.

« N'importe quoi, ai-je dit. Le repos des morts. Je lui ai rendu visite. D'accord, j'ai peut-être frappé un peu trop fort à sa porte. »

C'était la seule tactique qui me venait à l'esprit : feindre la normalité, faire comme si je n'avais pas perdu les pédales la nuit passée. Quitte à choisir, je préférais la prison à l'asile.

À côté de moi, j'ai entendu Martha déglutir. Elle a sauté sur ses pieds et couru vers notre chambre, ce qui n'a semblé déranger personne. Il faut croire que ce comportement était monnaie courante dans un village viticole.

« Vous êtes mariée ? a demandé le policier.

– Pardon ?

– Vous êtes mariée ? a répété Wolf, cette fois en me regardant.

– Oui, j'ai compris. Non, je ne suis pas mariée. »

Le policier m'a examinée de haut en bas, autant que le permettait la table scindant mon corps en deux, avec un regard sans retenue, qui pénétrait tout, repérait chaque imperfection, chaque anomalie et chaque aspérité.

« Vous auriez dû vous marier quand il en était encore temps », a traduit Wolf.

Comme il ne s'agissait pas d'une question, j'ai tenu ma langue.

Avec un calme olympien, le policier a posé notre carte grise sur la table.

« Comment vous avez eu ce document ? ai-je demandé plus fort que je ne l'avais prévu, ce qui n'a déclenché chez lui qu'un infime mouvement de tête. D'accord, ai-je repris, la voiture appartient à Kurt Wegener. Le père de mon amie. On se rendait en Suisse dans une clinique d'aide au suicide. »

La logeuse a laissé échapper un raclement de gorge terrible, et les nausées de Martha nous sont parvenues depuis l'étage, apparemment aussi terribles.

« Grands dieux, vous semblez avoir un faible pour les pères morts, a traduit Wolf, et je me suis demandé s'il n'embellissait pas discrètement notre dialogue.

– Il n'est pas mort, ai-je objecté.

– Mais il est où alors ?

– Au lac Majeur.

– Vivant ?

– Oui, je suppose qu'il est encore vivant. Nous n'avons pas eu d'information contraire, ai-je concédé.

– Vous avez abandonné à son sort un homme sur le point de mourir ? Comment suis-je censé me représenter la scène ? Vous l'avez viré de la voiture et abandonné sur une aire d'autoroute ? Ou directement jeté dans le lac ? »

D'un geste vif, il a écrasé sa cigarette au beau milieu de la table.

« Non ! Non, nous avons passé la main.

– Passé la main ?

– Oui. Passé la main.

– Parce qu'au lac Majeur, il y a un centre d'accueil pour les vieux types à l'article de la mort ? a demandé le policier avec un rire amer. Racontez-moi ça, je donnerai l'adresse à ma femme. Elle sera ravie.

– Non, c'était à titre privé.

– Comment ça, à titre privé ?

– Nous l'avons déposé chez son ancienne petite amie. Elle habite là-bas.

– Seigneur tout-puissant, mais qu'est-ce que c'est que ces constellations familiales perverties que vous avez en Allemagne ? »

Wolf donnait l'impression d'être habitué à la question, à croire qu'il l'entendait chaque jour. Sa seule réaction a été pour Martha, qui revenait en titubant sur la terrasse et s'affalait dans une chaise longue tandis que le flic se penchait vers moi.

« Ernesto Carletti n'était pas quelqu'un de bien. »

Ce n'était pas ce que je voulais entendre. Ma voix a grimpé dans les aigus au moment où j'ai dit que je t'avais aimé et que, pour moi, tu avais été quelqu'un de bien.

« Vous vous trompez, a-t-il dit. Demandez à sa sœur, là, même elle, elle ne le considérait pas comme quelqu'un de bien. »

J'ai regardé du côté de la logeuse, qui hochait la tête. Cette sorcière – ta sœur ? Vous n'aviez rien en commun. J'ai senti bouillonner en moi un sentiment que je ne connaissais pas, qui n'appartenait pas à mon répertoire, un sentiment complètement déplacé ici : de ma vie je n'avais éprouvé une telle jalousie.

« Mais il n'a plus jamais vécu ici ! me suis-je écriée.

– Pas besoin de vivre ici pour causer du mal, a-t-il répliqué. Le malheur, ça fonctionne aussi à distance. »

Je comprenais de moins en moins de quoi il retournait. Je voulais mes pilules.

« Non seulement ce n'était pas quelqu'un de bien, a-t-il poursuivi, mais en plus c'était quelqu'un de bête. Assez bête pour en découdre avec la mauvaise famille.

– Quelle mauvaise famille ?

– Vous êtes aussi bête que lui ou quoi ? a-t-il répondu, en ajoutant un coup de menton qui interdisait toute autre question et tenait lieu de réponse.

– Vous plaisantez ! me suis-je exclamée. On est où, là ?

– En Italie, signora Betty. »

Il était sérieux. Scrutant le visage de Wolf, je cherchais en vain une réponse, les sous-titres de ce qui se tramait ici. Mais Wolf restait assis, impassible, comme une marionnette sans fils.

« Je ne vous crois pas ! Si vous voulez me convaincre, il faudra m'en dire davantage ! »

Dans les situations qui me dépassaient, il m'arrivait de parler comme dans une mauvaise série télé. Un phénomène gênant dont je n'avais pris conscience que récemment.

« Je vais vous dire quelque chose, votre Carletti n'était pas qu'un sale type et un imbécile, c'était aussi un lâche. Il s'est carapaté devant la famille. Il s'est caché sur une île. Chez les Grecs, en plus.

– Quelle île ?

– Je ne peux pas vous le dire. L'enquête est en cours.

– L'enquête est en cours ? Ça fait dix ans qu'il est mort !

– *Basta !* »

La vieille a tapé du poing sur la table. Sans le vouloir, je m'étais levée d'un bond. Sur la terrasse, le calme régnait soudain. Désemparée, j'ai jeté un œil vers Martha, le teint de plus en plus verdâtre, au point que je craignais de la voir s'évanouir d'un moment à l'autre. Elle avait la tête de ce que je ressentais, même si nos raisons différaient.

Sans un mot, nous avons fumé une cigarette, le policier et moi, puis il a repris son interrogatoire. Il a recommencé à zéro, comme si rien n'avait été dit.

« Que cherchiez-vous sur la tombe d'Ernesto Carletti ?

– J'ai essayé de l'ouvrir, ai-je expliqué, et peu à peu, les souvenirs ont refait surface – il y avait bien eu une pelle, une pelle que j'avais utilisée. Mais je n'ai pas réussi. Elle est quasiment plombée avec une plaque en marbre, cette tombe. Quand on enterre ses morts comme ça, c'est qu'on doit vraiment les craindre.

– Que vouliez-vous dérober dans cette tombe ?

– Rien, rien du tout. Je voulais y mettre quelque chose.

– Quoi ?

– Moi. »

Il a pris sa tête entre ses mains et m'a regardée.

« Êtes-vous folle ?

– Oui. Je pense que oui.

– Et qu'est-ce que je vais faire de vous ? »

Wolf avait fermé les yeux.

Le brouillard monté de la vallée, très dense, avait tout englouti. Notre univers se terminait au niveau d'un palmier, au-delà duquel tout était blanc. Un mur dans lequel j'aurais voulu m'enfoncer.

Au lieu de ça, c'est Martha qui s'est extirpée de son transat, a grimpé sur le muret et s'est laissée tomber dans le champ d'oliviers. Un roulé-boulé en guise d'adieu. Wolf a bondi, mais j'ai retenu sa main flasque d'écrivain et il ne m'en a pas empêchée, comme si c'était ce qu'il attendait depuis des années.

Le policier nous a regardés l'un et l'autre, puis le champ d'oliviers en contrebas, enfin la logeuse tournée vers le ciel, qui se lamentait muettement ou bien jurait, te maudissait plutôt, sans doute, comme depuis toujours. Toi, mon Ernesto.

« Permettez-moi une question, a dit le policier. Vous êtes toutes les deux des Allemandes normales ?

– De Berlin, ai-je précisé. Berlino-normales. Rien d'exceptionnel. »

Le policier a refermé son carnet en soupirant.

« Présentez-vous au poste demain pour que je relève votre identité.

– Mais vous m'avez sous la main maintenant !

– L'ordinateur ne fonctionne que le lundi entre neuf heures et midi. »

En venant ici, j'avais voulu faire mes adieux, repartir à zéro. On ne pouvait pas dire que les choses se déroulaient comme je l'avais pensé.

Le policier a repoussé sa chaise contre la table, avant de promener encore une fois son regard sur la vallée, sur son territoire qui s'étendait en contrebas, si calme. Si suspect, me disais-je maintenant. N'était-il pas normal de vouloir quitter cet endroit pour rejoindre une île ? Ou bien étais-je la seule à être si normale ?

« Quelle île ? ai-je redemandé.

– Ne m'emmerdez pas avec votre île. »

Wolf a traduit sans sourciller, comme si ce qu'il entendait ne l'intéressait pas, mais en douce, il engrangeait tout dans son cerveau d'écrivain sans imagination, j'en étais sûre. Je m'y connaissais en cerveaux de ce genre.

« Je trouverai.

– Si je peux vous donner un bon conseil : oubliez-le. »

Pour compter le nombre de fois où on m'avait donné ce conseil, il m'aurait fallu plus de deux mains. Généralement, il s'était avéré judicieux. Après des mois de deuil et de cérémonie, de cérémonies de deuil, de deuils cérémonieux, une solitude à en perdre la tête et le sommeil, un apitoiement sur moi-même suintant comme du pus, j'avais été capable de reconnaître l'humanité de ce conseil. À la fin, voilà, tout se changeait en un souvenir qui pâlirait un jour ou l'autre. J'oubliais d'abord pourquoi j'avais aimé ces hommes, et plus tard, bien plus tard, j'oubliais peut-être jusqu'à leur nom. Mais toi, je ne t'oublierais pas : l'amour avait commencé avec toi.

Nous nous faisions face sur la terrasse, le flic et moi. La logeuse, tassée sur sa chaise, me dévisageait toujours. Aucun doute, je n'avais encore jamais vu haine si vive briller dans des yeux si ternes. Cette femme me semblait un patchwork de blessures mal cicatrisées. Elle tournait avec obstination une alliance dont seul le sillon restait à son doigt. Nous étions figés comme des modèles sans aucun artiste pour saisir la scène, quand nous avons entendu le vrombissement d'une tronçonneuse qui tailladait le chemin gravillonné. Elle montait vers nous à vive allure et, quand elle est arrivée à proximité de la maison, j'ai vu que la tronçonneuse avait deux roues et une estampille Yamaha. Aux commandes, un gars qui devait à coup sûr s'appeler Enzo et, derrière, une femme dont je savais avec certitude qu'elle s'appelait Martha.

Elle avait le visage égratigné et une brindille d'olivier cassée dans les cheveux – à croire qu'on avait déterré la reine des vendanges cuvée 1994 –, mais elle rayonnait, l'adrénaline sereine, et quand elle a glissé de la selle, elle s'est presque étalée. Descendre de moto avec élégance n'était pas donné à tout le monde, loin de là. Elle a zigzagué dans ma direction, un genou écorché, pieds nus. Enzo a coupé le moteur avant de fournir une explication sans fioritures.

« Elle a déboulé de l'oliveraie et atterri sur la route, a traduit Wolf.

– *Mamma mia !* » s'est écriée la logeuse en se mettant à prier et à dodeliner de la tête.

Peut-être n'y avait-il ici point de salut hors de la religion catholique. Ou peut-être souffrait-elle de la maladie de Parkinson à un stade précoce, le hochement de tête n'étant alors nullement expressif, mais uniquement nerveux. À moins qu'il s'agisse du tremblement des alcooliques. J'étais mal placée pour le savoir. Il m'était arrivé de trouver des gens antipathiques alors qu'en réalité ils étaient malades, et j'avais aimé des gens que je n'aurais pas pu supporter une fois guéris. Je m'étais souvent trompée.

Martha s'est agrippée à mon épaule en affirmant que ce n'était rien, qu'elle avait seulement dû reprendre ses esprits sur le bas-côté.

Celui que j'appelais Enzo a envoyé des baisers à la ronde, puis il est reparti en creusant un sillon dans le chemin. Ensuite, le policier a pris par la main la logeuse qui, de mauvaise grâce, s'est laissé convaincre de déjeuner avec lui. Wolf s'est excusé, il voulait écrire un poème avant de prendre du repos. S'il avait eu ne serait-ce que dix ans de moins, j'aurais en vain tenté de le sauver.

Martha et moi sommes restées seules sur la terrasse, comme pour regarder le générique de fin du film.

« Tout ça est très bizarre, a fait remarquer Martha.

– Il faut que j'aille sur cette île.

– Mais enfin, Betty. Puisqu'il est mort, a-t-elle protesté.

– Je ne l'ai pas vu mort.

– Tu es allée sur sa tombe. Fais-moi plaisir et évite de péter les plombs maintenant. »

Compte tenu des événements de la veille, la demande arrivait un peu tard.

« Il doit bien y avoir un indice chez elle, une carte postale, une vieille adresse, une photo, n'importe quoi. C'était quand même son frère.

– J'espère que tu n'es pas en train de me dire que tu veux rentrer par effraction dans son appartement ? »

Elle connaissait déjà la réponse.

« Je reste dehors et je surveille », a-t-elle dit.

Je n'ai pas eu besoin de pelle, ma carte d'assurance maladie a suffi. Je l'ai récupérée par terre devant la porte arrière, en deux morceaux. Je me suis félicitée de ne pas avoir utilisé ma carte bancaire.

La buanderie, où le vin s'entassait dans des bouteilles en plastique, sentait l'adoucissant et la vieille dame, une odeur doucereuse et un peu fermentée. La porte d'après n'était pas fermée à clé, et derrière, ainsi qu'espéré, se trouvait l'appartement de la logeuse, dans lequel je me suis faufilée comme une voleuse, voleuse que j'étais d'ailleurs, une maraudeuse du dimanche.

Des bijoux de pacotille pendaient partout, dans les coins traînaient des lunettes de lecture, mais rien qu'on puisse lire, la Vierge paradait aux murs et sur les commodes, une sainte collectionnite avec, au milieu, des photos de mariage – en noir et blanc, sans doute le sien, et en couleur, trois couples. Trois fois mère, donc, belle-mère, et entre-temps certainement grand-mère, mère exponentielle dont les petits-enfants fuyaient les baisers humides. Ainsi, tu avais été oncle, tu avais eu des neveux et des nièces dont je n'avais jamais rien su, une vie qui m'était inconnue.

J'ai ouvert en grand les tiroirs, fouillé entre des papiers, des torchons, il devait bien y avoir une trace, une photo, une bribe de souvenir – mais je n'ai trouvé que des portraits des petits-enfants et des albums de fêtes de famille avec toujours le même vide béant.

Pour finir, j'ai rabattu la porte-accordéon en plastique donnant sur la chambre à coucher. Derrière : des oiseaux qui me fixaient. Ils emplissaient la pièce, perchés dans les coins, sur l'armoire, à côté du lit. Des oiseaux immobiles, figés et les yeux vides, cloués sur des planches de bois, morts et empaillés.

J'ai écarté les battants de l'armoire, découvert les vrais bijoux qu'elle ne portait sans doute jamais, sauf peut-être pour les baptêmes, fouillé dans les culottes, perdant toute retenue, quand j'ai entendu de dehors un sifflement furtif, un signal de Martha. Déjà, je distinguais le bruit de la clé dans la porte d'entrée, les pas qui se rapprochaient, et je suis restée pétrifiée sous le regard fixe des oiseaux morts.

La logeuse s'est mise à hurler. Elle a déversé sa fureur et un lot d'insultes sur moi, le visage si rouge que je me suis inquiétée pour elle – et si elle y passait, si ses veines gonflées éclataient sous sa peau, dans son cerveau ? Pour conclure, elle m'a attrapée par l'oreille et m'a traînée au-dehors. J'étais une adulte de plus de quarante ans qu'on tirait par l'oreille, et je ne pouvais pas nier que ça faisait mal. Devant la maison, elle m'a laissée choir comme une serpillière puante.

*   *   *

« Tu aurais dû lui parler, a dit Martha. Simplement lui parler.

– Elle n'avait pas vraiment l'air de vouloir papoter.

– Tu aurais pu lui poser des questions sur Ernesto, lui demander où il vivait, comment, ce qu'il a fait comme erreur.

– Elle m'a tirée par l'oreille, Martha !

– Tu es entrée chez elle par effraction. Aux États-Unis, elle t'aurait descendue. Te tirer par l'oreille, en comparaison, c'est mignon.

– Elle m'a traitée de fille de pute ! Tu es la fille d'une pute, c'est ce qu'elle a dit.

– Mais tu n'en sais rien.

– Je sais assez d'italien pour comprendre ça. Les insultes et les mots d'amour, c'est toujours ce qu'on apprend en premier. Avec en plus deux ou trois aliments, quelques nombres, merci, bonjour, et on a tout ce qu'il faut pour une existence sophistiquée. »

Martha m'a regardée. J'ai fini par me rendre compte que j'avais choisi la plus mauvaise voie. Je m'étais comportée en gamine, peut-être parce qu'une partie de moi était redevenue enfant. Une enfant triste et têtue, tout juste abandonnée au milieu d'une cour d'école où personne ne viendrait plus la chercher.

Martha a pris les choses en main : « J'y retourne. Ce n'est pas possible comme ça », a-t-elle déclaré et, d'un pas leste qui ne tolérait ni compagnie ni contradiction, elle s'est éloignée vers la maison. En attendant, je ne savais pas quoi faire à part fumer, prête pour les hurlements qui retentiraient certainement sous peu.

Pendant de longues minutes, je n'ai rien entendu, aucun claquement de porte, aucun juron, le calme régnait, puis des pas ont à nouveau crissé sur le gravier. Martha revenait, elle ne souriait pas, mais une aura de triomphe l'accompagnait ou, plutôt, elle tenait ce triomphe enfermé dans sa main qu'elle m'a alors tendue. Un post-it jaune sur lequel ne figurait qu'un mot : *Lofkes*.

« C'est quoi ? ai-je demandé.

– C'est ton île. »

Elle ne m'a pas dit comment elle était arrivée à ses fins, elle avait toujours su se débrouiller pour obtenir ce qu'elle voulait. En l'occurrence, je pariais moins sur son habileté diplomatique que sur des espèces sonnantes et trébuchantes. Mais là encore, c'était tout un art : savoir reconnaître les gens prêts à vendre leurs secrets.

Jamais encore je n'avais entendu le nom de cette île et cela m'a emplie d'un bonheur ténu. C'était le propre de ces lieux invisibles et reculés dont on n'entendait jamais parler, ces paradis cachés, jamais dévoilés parce qu'on voulait les garder pour soi et que de tout temps, un paradis tombait en miettes aussitôt partagé. Ces lieux-là conservaient les traces et les histoires, et je n'espérais rien d'autre.

« Merci », ai-je soufflé.

Martha m'a gratifiée en retour d'un sourire que je lui connaissais déjà. Légèrement oblique, la lèvre supérieure tel un trait de biais, ce qui signifiait qu'elle n'y croyait pas trop, mais qu'elle me souhaitait bonne continuation.

Il nous fallait un café, et nous nous accordions sur la nécessité d'aller le boire ailleurs. Il était temps de s'éclipser.

« Je ne peux pas prendre le volant, a dit Martha. Je suis encore bourrée.

– Et je suis médicalement perturbée. Troubles circulatoires, troubles de la vue, troubles de la perception, désorientation.

– Tu as appris par cœur la notice de tes cachets ou quoi ?

– Je me suis apprise par cœur moi-même.

– L'Italie te rend pathétique », a décrété Martha. Et elle avait raison. Ce pays vous chatouillait le drame, chose à laquelle j'étais sensible. En toute discrétion, avais-je toujours cru jusqu'ici.

Martha s'est glissée sur le siège passager, et mon regard s'est effiloché, les bords extérieurs sont devenus flous tandis qu'il ne restait plus au milieu qu'un axe circulaire et net, un œilleton qui allait devoir suffire pour avancer.

« Attends, a dit Martha quand j'ai tourné la clé dans le contact. Le téléphone. »

Mais elle n'a pas fait mine d'attraper son téléphone, qui vibrait dans son sac, ni de descendre de voiture. Elle est restée assise, ceinture bouclée, regardant la boîte à gants, puis ses mains.

« Le téléphone », a-t-elle répété.

Elle bougeait au ralenti, comme une malade pour qui chaque mouvement était douloureux. Elle a défait sa ceinture et elle est sortie – quelques pas hésitants pour être suffisamment loin. Dans le rétroviseur, je l'ai vue hocher la tête, marcher de long en large, j'ai vu une tension lui traverser le corps, et cette tension se transformer en effervescence.

Après avoir raccroché, elle a levé les yeux. Regard vers le ciel sans personne pour renvoyer un signe, regard vers moi, toujours dans la voiture. Je devais être pour elle une image figée. Après une nouvelle bouleversante, bonne ou mauvaise, quand on se retournait, le monde paraissait inchangé alors que soudain, plus rien n'était comme avant. Un fossé se creusait alors, qui, dans certains cas, ne disparaissait jamais. Martha est revenue à grandes enjambées vers la voiture, prête à sauter pardessus.

« On va au lac Majeur, a-t-elle murmuré.

– Qu'est-ce qui s'est passé ?

– Je n'y comprends rien. Il va mieux. Il va même bien, et il veut qu'on aille le voir. »

Je lui ai demandé si elle avait parlé à Francesca, mais c'était Kurt lui-même qui l'avait appelée. Cela faisait des semaines qu'il n'avait pas eu une aussi bonne voix, un miracle, disait Martha avec hésitation, sans parvenir à décider à qui ou à quoi elle devait en attribuer la responsabilité : au lac Majeur, à Francesca, à l'amour, au bon air.

Les miracles n'avaient besoin de rien ni personne. Première erreur. Et la deuxième : ils n'existaient pas, contrairement au dernier sursaut, mais ça, je n'ai pas osé le dire. Quand il s'agissait de réduire à néant des espoirs qui n'étaient pas les miens, je faisais preuve de réserve. J'ai démarré le moteur, et ce qui restait de l'ébriété de Martha a servi de combustible à son euphorie.

En pente raide

Bellegra avait disparu au détour d'un virage comme s'il n'avait jamais existé. Plus qu'un endroit, c'était un mirage où l'on trouvait non pas des réponses, mais quantité de nouvelles questions. On ne pouvait pas compter sur nos pères : plus on en apprenait sur eux, moins on en savait.

« Il était tellement différent, a dit Martha, certaine de n'avoir jamais connu Kurt ainsi, avec cet enthousiasme dans la voix. Plus vivant que jamais », et ce constat nous a toutes deux fait sourire. L'amour d'une femme allait peut-être vraiment le sauver, c'était parfois aussi simple que ça – et pourtant tellement compliqué à obtenir.

Martha a demandé : « Tu y crois, toi, qu'Ernesto n'était pas quelqu'un de bien ? Tu crois à cette histoire de mauvaise famille ?

– Je ne crois plus rien du tout, ai-je dit, les paupières plissées, les yeux papillotant dans le printemps italien. Je vois tout pixellisé. La qualité est pourrie, le monde ressemble à une vidéo piratée.

– Ça m'est déjà arrivé, a-t-elle dit, comme une palpitation de stress. Détends-toi un peu. Respire.

– Je veux mes cachets, c'est tout.

– Tu ne peux pas te les procurer chez un médecin d'ici ?

– J'ai bousillé mon assurance.

– Quoi ?

– La carte. J'ai fait levier avec ma carte d'assurance maladie pour ouvrir la porte, et elle s'est cassée en deux.

– Mazette. Combien de temps il faut compter pour ça ?

– En quelques secondes, c'était réglé.

– Combien de temps ça dure, d'être "médicalement perturbée", je veux dire.

– Je ne sais pas. Je n'ai jamais arrêté aucune drogue de ma vie.

– Le marché noir ?

– Quoi, le marché noir ?

– Eh bien, le marché noir, quoi. Pour les cachets. Rome, la gare centrale. Les gares sont partout les mêmes, que je sache. »

Parfois, Martha voulait donner l'impression d'avoir passé des années dans la rue.

« On ne parle pas d'héroïne, ai-je dit. On parle de sages inhibiteurs de la sérotonine. Qui ne rendent même pas heureux. Ça m'étonnerait qu'on en trouve au marché noir.

– On trouve tout au marché noir, a-t-elle maintenu.

– Laisse tomber.

– Bien. Il faut croire que le sevrage n'est pas si terrible. »

Elle avait pris un ton piqué, comme si elle pensait que je jouais la comédie et qu'on ne la lui faisait pas.

« Comment ça se fait que tu sois devenue si dure ? ai-je demandé.

– Le planning familial.

– J'ai vraiment besoin d'un café. Je n'y vois quasiment plus rien.

– C'est l'avantage en Italie : même les stations-service savent faire du café.

– Sauf qu'il n'y a pas de station-service en vue », ai-je été forcée de constater.

Martha a dégainé son téléphone, élargi les environs et finalement déclaré : « Exact. Pas une seule station-service avant Rome. Il faut qu'on aille voir au prochain village. Encore cinq kilomètres. Avec un château sur une colline, apparemment.

– Je veux juste du café. Pas un château. Du café. »

Au niveau de la sortie pour le village le plus proche, je me suis engagée dans la bretelle avec une embardée que même moi, j'ai trouvée agressive, et Martha m'a regardée d'un air presque craintif.

Le GPS nous a baladées dans un zigzag d'indications contraires, proférant d'un ton remarquablement monotone les ordres les plus aberrants. Les rues se faisaient de plus en plus étroites et, malheureusement, de plus en plus abruptes. Je sentais la présence des murs avant de les voir, j'aurais voulu me poser au milieu de la route, m'arrêter sans autre forme de procès, mais il y avait quelqu'un derrière, il y avait toujours quelqu'un derrière. Impossible de faire demi-tour dans ce labyrinthe de rues à sens unique. Martha regardait le GPS, désemparée.

« On y est presque », a-t-elle dit.

Encore une de ces phrases. Qu'on la prononce, et aussitôt la catastrophe était imminente. Un peu comme quand on dit : « Ce gros coup, c'est le dernier, après j'arrête. »

Dociles, nous suivions notre route, qui descendait maintenant en pente raide.

« Plus que deux cents mètres », a dit Martha, mais nous ne sommes pas arrivées jusque-là, obligées de piler devant une rue barrée, en plein virage. Le frein à main serré, nous étions coincées dans un cul-de-sac avec une pente de trente pour cent. À ce moment-là ne planait dans l'habitacle qu'une question : « Et maintenant ? » Question qui n'avait qu'une seule réponse : « Marche arrière. » Plus facile à dire qu'à faire : dans la vie, reculer comptait parmi les manœuvres les plus difficiles. Mes compétences en la matière étaient sous-développées, je n'aimais pas la marche arrière, d'ailleurs sujette à caution dans ce genre de descente.

Respirer, passer la vitesse, desserrer le frein à main, accélérer.

Le moteur a rugi, puis s'est tu, brutalement et pour toujours. Sans un bruit, nous dévalions la pente. À peine quelques secondes, quelques mètres, un mur, et boum. Les airbags nous ont explosé à la figure, le klaxon a hurlé, de la fumée a jailli. J'étais sidérée. On touchait le fond de la bêtise. La fumée me déchirait la gorge et me brûlait les yeux. J'ai regardé Martha.

« *Get out of the car !* » a crié une voix au-dehors.

Nous nous sommes dégagées des airbags, j'ai entendu Martha gémir, je l'ai vue se mouvoir lentement, puis nous avons ouvert les portières. Tout autour, soudain, des gens aux yeux écarquillés. « *La macchina !* » criaient-ils en gesticulant.

Martha était aussi blanche que les filets de fumée épaisse qui s'échappaient de la voiture. Elle avait la figure et les bras égratignés, elle toussait. Ce n'était donc pas toujours l'accident qui tuait, c'était parfois la sécurité intégrée.

« Tu as bousillé la voiture de Kurt. »

Le phare avant gauche était cassé, le pare-brise barré d'une fêlure, le capot cabossé. La crise d'hystérie de la voiture me dépassait, l'alarme hurlait toujours.

« C'est un signe, un très mauvais signe !

– Tu ne vas quand même pas me faire le coup de l'oracle ? La prochaine fois, on prendra le train !

– Tu as causé sa mort ! »

Martha était apparemment sous le choc alors que je n'étais sous rien du tout, j'étais juste un peu énervée, consternée par ma propre bêtise. Je voulais un café, rien de plus.

Un type, chemise déboutonnée, a tendu une bouteille d'eau à Martha avant de s'avancer jusqu'à la voiture fumante pour retirer la clé du contact. Le silence s'est fait. Il m'a tendu la clé avec un hochement de tête et un petit air de supériorité.

« *¿Dónde cappuccino ?* » lui ai-je demandé, et son crâne a pivoté d'une saccade vers la droite, en direction de la rue barrée.

J'ai attrapé Martha par la manche et l'ai traînée derrière moi sous les regards des badauds, je ne comprenais pas un mot mis à part *la macchina*, et c'était sans doute mieux ainsi.

« Qu'est-ce que tu lui as demandé ? s'est renseignée Martha.

– Où est-ce qu'on pouvait boire un cappuccino. Où cappuccino ? En espagnol. Il me reste encore quelques bribes.

– Tu as l'intention de boire un cappuccino maintenant ? »

Martha titubait dans mon dos, comme brouillée de la tête aux pieds. Plus rien en elle n'était net.

« Ça fait des heures que je demande un café. Mais il y a toujours quelque chose de plus urgent. »

Nous sommes arrivées sur une place de marché déserte, avec une fontaine sans eau, un ballon sans enfants, un prêtre sans ouailles, trois restaurants fermés et un bar plein à craquer. J'en suis ressortie avec deux tasses de cappuccino et deux verres d'amer, et j'ai rejoint Martha, entre-temps effondrée sur le bord du trottoir.

Enfin, ai-je pensé à la première gorgée. Enfin du calme. Enfin débarrassée de cette bagnole, de toute cette route insensée, enfin terminé, tout ça.

Évidemment, ce n'était qu'à moitié vrai, rien n'était terminé, et nous avions l'air de deux clochardes, poisseuses, égratignées, dans les mêmes hardes depuis des jours. J'ai avalé mon amer et reposé le verre sur le plateau.

« Tu crois qu'elle roule encore ? a demandé Martha, un œil déjà humide.

– Théoriquement, ai-je dit, et Martha a hoché la tête.

– Donc elle roule encore ?

– Le klaxon en continu, ça pose problème. À moins de vouloir jouer les sirènes ambulantes. Et les airbags vont nous pendre dans la figure.

– Y a qu'à les découper.

– Je suppose que les ceintures de sécurité ne fonctionnent plus non plus, ai-je ajouté.

– Pas besoin.

– Et puis il y a encore le pare-brise. Et le système de freinage. Et le phare avant.

– Quelle merde ! Comment est-ce qu'on a pu en arriver là ? »

Le genre de question à laquelle il ne servait à rien de répondre après coup.

Mister Chemise ouverte a traversé la place, la tête agitée de saccades, il est passé devant nous et est entré dans le bar.

Deux minutes plus tard, éclats de rire et exclamations à l'intérieur. Éclats de rire, *la macchina !* De quoi être poursuivie jusque dans mon sommeil, puis me réveiller avec un oreiller qui m'explose à la figure.

« Et maintenant, qu'est-ce qu'on fait ? a demandé Martha, mettant à nu l'ampleur de sa détresse en me confiant encore une responsabilité, alors que j'étais allée droit dans le mur.

– C'est dimanche, ai-je fini par dire. On ne trouvera personne pour remorquer la voiture.

– Il est hors de question que je passe la nuit ici ! C'est strictement impossible. »

Elle frottait fébrilement ses bras éraflés. Nous étions assises par terre sur la place du marché comme deux enfants dans un bac à sable, à la différence que nous avions devant nous deux verres vides et que personne ne viendrait nous chercher pour rentrer à la maison.

« Évidemment qu'on ne va pas rester ici, ai-je dit. Je propose qu'on file à l'anglaise.

– On ne peut quand même pas laisser la voiture comme ça.

– Elle était déjà bonne pour la casse avant. La famille s'en chargera. Les Italiens sont leaders dans le secteur des déchets.

– Anglaise, Italiens, tout ça n'est pas très politiquement correct, a-t-elle protesté, puis elle m'a regardée. OK, on se tire. »

Après un large détour circulaire sur la place du marché, nous sommes passées devant des immeubles neufs en béton bas de gamme, et nous avons traversé la rue principale, où la station-service, même fermée, nous a fait un pied de nez.

Nous avons monté et descendu des ruelles et, au bout d'un quart d'heure, nous sommes arrivées à la voiture par l'autre côté. L'intérieur était toujours enfumé, les airbags pendaient mollement devant les sièges, nous avons récupéré nos maigres bagages posés sur la banquette arrière, des sacs de voyage qui puaient la sueur et la fumée. À ce moment-là, tout m'a paru vain. Martha s'est accroupie et a dévissé les plaques d'immatriculation.

« En souvenir », a-t-elle dit. Et pour notre sécurité, ai-je pensé. Mieux valait ne pas laisser d'indices sur une décharge illégale. Tout le monde nous avait vues, mais personne ne savait qui nous étions.

Peu à peu, l'envie me venait d'une vraie cavale. Il était peut-être temps de commettre un crime officiel. J'aurais aimé faire l'objet d'un avis de recherche. À l'inverse de Martha, en train de nettoyer les poignées et le volant avec un chiffon, ce que je trouvais quand même exagéré.

« Pas de traces, a-t-elle dit, pas d'emmerdes. »

J'ai levé la tête vers les fenêtres alentour, aperçu un visage derrière des voilages, tout était calme. Nous avons longé les rues vides, dépassé des constructions jamais achevées, des restaurants fermés, une aire de jeux lugubre, et une fois encore, l'Italie était plus laide que sa réputation.

Pour la première fois depuis des années, Martha m'a prise par la taille. Je ne savais pas depuis quand nous n'avions plus marché ainsi côte à côte dans la rue, cela remontait peut-être à l'époque de nos vingt ans, quand nous croyions encore possible de nous marier si nécessaire, dans un avenir lointain et au fond inaccessible. Du coin de l'œil je l'ai vue sourire, malgré tout. Je l'ai embrassée sur la joue.

« Tu ne m'accompagnes pas, j'imagine ? » a-t-elle dit.

J'ai secoué la tête.

Cet après-midi-là nous avait vues échouer, ballottées entre adieux et deuils, entre souvenirs et nouvel espoir.

Nos chemins se séparaient ici. J'allais me mettre en route vers une île, et Martha allait passer avec Kurt les derniers jours tels qu'ils leur revenaient, selon leur conception du bonheur et des liens. Il me semblait voir quelque chose en elle s'illuminer, une foi à laquelle elle avait renoncé depuis longtemps et qui, à cet instant-là, était presque palpable, un éclair de confiance – tout avait un sens.

Plantées à l'arrêt de bus, les plaques d'immatriculation sous le bras, nous avons attendu le départ suivant pour Rome.

De pères méconnus

L'Italie ne m'avait pas apporté ce que j'aurais nommé bonheur. Mais je n'avais pas eu cette exigence. Il fallait se lever tôt pour trouver le bonheur en Italie, on était tout simplement trop nombreux à le chercher là. En Italie, les Allemands n'étaient pas heureux, ils étaient propriétaires.

À présent, je traversais la mer Égée à bord d'un ferry presque désert. Certains voyages ne toléraient aucune compagnie, ils se déroulaient dans des zones si reculées en nous qu'on pouvait s'estimer content de s'y rencontrer soi-même.

C'était la première fois depuis longtemps que je partais sans engagement précis, sans prétexte professionnel. Dans l'attente d'un ferry, j'étais restée coincée quelques jours à Athènes, la ville devenue synonyme de « crise », dans un pays dont on ne prononçait plus le nom sans lui accoler ce mot. Je m'étais promenée dans des rues commerçantes abandonnées, j'avais vu le Parlement, contemplé le calme fantomatique de la place Syntagma, visité les bâtiments occupés de l'université, fréquenté des cafés, écouté des histoires. J'avais envoyé des textes et des projets à des rédactions parce que l'argent commençait à manquer, et personne ne m'avait répondu. La crise ne m'avait pas attendue.

Au port, j'avais enjambé des sacs de couchage pour monter à bord d'un bateau sur lequel, à part moi, presque personne n'embarquait, ne pouvait embarquer. Pour la plupart, le voyage s'achevait au Pirée. La mer n'était plus promesse de liberté depuis longtemps.

Il était deux heures du matin, la traversée en mer Égée avait duré huit heures, et je n'avais pas la moindre idée de ce à quoi ressemblait l'endroit où j'accostais. Ce que je faisais était absurde, sous un certain angle. Dicté par un trop-plein de temps et de désespoir. J'étais arrivée à un âge où je comprenais de moins en moins les choses, où ma vie tenait de plus en plus du comique de répétition, ou du traumatisme, auraient dit certains. Les mêmes événements se reproduisaient indéfiniment, dans des constellations différentes, des décors changeants. Je souffrais des abandons, des relations interrompues, jamais osées, de la solitude, de moi-même, je me sentais ridicule, et j'étais persuadée qu'en revenant au premier deuil, en pénétrant dans ce fondement de la mémoire, en exhumant au moins quelques-unes de ses traces, je conjurerais le sort. Un exorcisme, c'était le minimum requis.

Nous avons abordé, l'étrave mobile du ferry s'est abaissée, les haut-parleurs ont entonné un air de flûte et, debout à la proue, j'ai pensé aux portes du paradis auquel je ne croyais pas. La promesse d'un nouveau départ m'apparaissait. Ce n'était rien qu'une île, mais pour y poser le pied, j'ai allongé le pas comme pour franchir un abîme. En d'autres termes : tant bien que mal, le pathétisme fait femme a débarqué du ferry.

Un embarcadère mal éclairé, où deux hommes seulement attendaient, adossés à leurs voitures, en brandissant leurs pancartes. Deux fils, sûrement, qui semblaient avoir renoncé à leur propre vie depuis longtemps et poursuivaient désormais l'œuvre que leurs pères avaient laissée. Le premier, un poseur tout en muscles, m'a lancé de loin le nom de sa pension « avec vue sur mer et petit déjeuner ». Le second, l'air perdu, comme tombé du lit ou tout juste mis à la porte d'un bar, fixait la mer en tirant sur une roulée. Bien sûr, je l'ai choisi. Il a fourré mon sac dans le coffre et jeté un dernier regard autour de lui, mais je restais l'unique touriste à descendre du ferry en cette nuit d'avril.

Nous sommes partis dans l'obscurité, à bord de la petite guimbarde sale qui tremblait et bringuebalait. Je ne voyais aucune maison, pas de montagnes ni de plage, je m'en remettais à lui. J'étais une étrangère sans nom et plus ou moins sans bagages, on ne savait rien de moi, et rien en moi ne présentait d'intérêt. Quand je voyageais seule, c'était toujours cette possibilité de disparaître qui me séduisait. Disparaître des radars, comme on disait, voilà même ce qui m'attirait le plus, d'une certaine manière. Je tenais peut-être ce penchant de celui à qui aucun lien de parenté ne m'avait jamais rattachée.

Le chauffeur a dit qu'il s'appelait Yannis, puis rien d'autre. Aucune des traditionnelles questions sur l'endroit d'où je venais, la durée de mon séjour, questions auxquelles je n'aurais de toute façon pas su répondre. J'étais ici en quête, et tout le reste m'était sorti de la tête depuis longtemps, j'avais laissé Martha, Kurt et l'Italie loin derrière moi. Yannis zigzaguait dans les vignes du Seigneur, je distinguais maintenant nettement son haleine alcoolisée, une odeur d'anis qui embaumait la voiture. Après une montée vers la gauche, il a garé la voiture, et nous sommes descendus. De petites lampes qui délimitaient un chemin à travers le jardin en broussaille, une maison blanche avec des portes en bois bleues, la terrasse ouverte sur la mer, que j'entendais sans la voir, l'obscurité devant moi, et pas même une lune pour nous éclairer.

* * *

Le lendemain matin, en ouvrant les volets, j'ai découvert entre les rochers et la mer une beauté que je n'avais pas envisagée si foudroyante. La vue me paraissait irréelle, une transcendance, comme si on avait photoshoppé l'île. Je n'avais encore jamais rien eu de tel sous les yeux au réveil, j'étais habituée à me lever dans les villes parce que je croyais avoir besoin d'elles. La nature et moi, ça faisait deux ; je ne savais pas par quel bout la prendre, le calme me répugnait. J'avais toujours été du genre à me tenir loin des paysages, à sauter dans les livres toutes les descriptions de nature, et à présent je me trouvais là. Yannis m'a apporté un moka et des croissants sur la terrasse, puis il a disparu aussitôt.

Tandis que je contemplais ce décor, le vide m'a envahie peu à peu, les pensées se sont désagrégées les unes après les autres, jusqu'à ce qu'il n'en reste plus qu'une : cet endroit était parfait pour disparaître, parfait pour mourir peut-être. Ernesto le savait. Il avait dû être heureux ici, et sans doute était-ce là l'essentiel. Du moins aurais-je voulu que ce soit enfin pour moi l'essentiel. Je voulais bien qu'on me quitte, mais seulement pour le bonheur.

Je regardais la mer, la mer englobait tout, tout m'englobait, et je remerciais l'évadé de m'avoir conduite jusqu'ici. J'avais entendu son dernier salut venu de l'au-delà. J'ai souri, je ne voulais pas croire que j'avais pareilles bêtises en tête, et pourtant. J'étais à la fois la pensée et le rire qu'elle déclenchait, l'enfant grandiloquente et la femme grisonnante.

Je suis restée de longues heures assise sans bouger, le visage au soleil, jusqu'à ce que Yannis pose un poisson grillé devant moi sur la table en disant : « Tu dois avoir faim. »

C'était peut-être parce que la saison n'avait pas encore commencé, parce qu'il n'y avait pas grand-chose à faire dans le coin, mais sans doute aussi parce que j'étais seule, parce qu'ici, on s'occupait des gens seuls, plus sûrement encore si ces gens étaient du sexe féminin. Yannis a raconté qu'il ne s'était installé ici que l'été d'avant. Il avait d'abord suivi des études de physique à Londres, mais maintenant, ses parents avaient besoin de lui sur place. Nous étions assis sur la terrasse, nous regardions la crique, le ciel bleu clair, les rochers vert foncé, la mer turquoise, et l'air sentait l'origan, le thym et la lavande. Nous tirions sur nos cigarettes, silencieux.

« Ma vie est tellement mieux depuis que je suis ici, a fini par dire Yannis. Je n'ai pas aimé Londres. »

J'ai imaginé ce que ce serait de tenir une pension sur l'île, de faire des confitures, de presser de l'huile d'olive, imaginé un instant ce que ce serait de tomber amoureuse – un court instant seulement, bien sûr.

* * *

J'ai enfilé mes chaussures, et je suis partie, la crique derrière moi, droit vers le sommet, sans savoir vraiment où chercher ni quoi, l'esprit simplement obnubilé par l'idée vague qu'il devait bien rester des traces. En partant, Ernesto n'avait laissé dans l'appartement que le tee-shirt qu'il avait porté la nuit précédente. Pendant des années, je l'avais gardé caché dans le tiroir sous mon lit, et je l'enfilais en secret, un tee-shirt bleu foncé qui m'arrivait aux genoux et sentait l'after-shave. Il avait perdu son odeur et, un jour, longtemps après, en remplissant mes cartons pour m'installer dans une autre nouvelle vie, une nouvelle union de ma mère, je l'avais jeté à la poubelle. Je n'en ai pas conservé le moindre lambeau. J'avais attendu des années, j'avais dû accepter que les gens disparaissent de ma vie comme si rien ni personne n'en portait la responsabilité.

Trente ans s'étaient écoulés, et je cherchais un signe de lui dans un paradis étranger. Que croyais-je y trouver ? Un tee-shirt bleu foncé, pendu à un arbre ? J'ai continué mon chemin, fait fausse route, erré sur des sentiers muletiers sans jamais apercevoir personne, seulement un village blanc, plus loin, et de l'autre côté, la mer coupée en deux par un rocher. J'avais les jambes flageolantes, j'avais tout oublié, même de prendre de l'eau. Il fallait continuer, ne pas tourner de l'œil. À défaut d'entraînement, j'avais de la volonté. Je fonctionnais comme ça depuis des années déjà, et j'étais moi-même étonnée de voir jusqu'où pouvaient nous mener nos dernières forces. Le potentiel de ce que je considérais comme mes dernières forces semblait infini.

Mais pour quelle raison était-il venu sur cette île ? Pourquoi avait-il fui ce que d'autres appellent le monde ? Et c'était quoi, cette histoire d'en découdre avec la mauvaise famille ? De quoi parlait le policier de Bellegra ? On l'accusait vraiment d'affaires louches avec la mafia ? Impossible.

D'accord, il vénérait Al Capone. Mais on vénérait Al Capone surtout parce qu'on aimait le cinéma et Scorsese. Et il était tromboniste, oui, il sortait travailler le soir avec son étui, dans lequel on aurait pu cacher n'importe quelle arme. OK, il m'était arrivé de voir dans cet étui des brassées de billets au lieu d'un instrument de musique, mais pas d'arme. Ernesto jouait, il passait des nuits au casino, il avait dû gagner occasionnellement. C'était bien ça, la blague avec le jeu, gagner occasionnellement était à la portée de chacun. Le lendemain, il ne restait aucune trace de cet argent. Je partais du principe que ma mère n'en avait jamais vu la couleur.

Et régulièrement, il disparaissait pour un temps. Dans ces moments-là, ma mère se saoulait dans la cuisine. C'était sa façon à elle de devenir folle de jalousie. C'est ainsi qu'elle se battait pour un homme, en s'apitoyant sur son sort. Elle souffrait tellement qu'elle croyait impossible qu'on la quitte, parce qu'ils auraient tous trop peur qu'elle ne s'en remette pas.

Je me suis imaginée disant à l'époque : « T'inquiète, maman, il est juste en mission pour la mafia. » Elle aurait sans doute été soulagée. Il valait mieux qu'il fasse la peau à un homme plutôt que de caresser celle d'une femme. De toute façon, elle aurait été prête à se faire coffrer pour lui. Elle était de celles qui aiment sans réserve, comme elle le disait volontiers, et sans cervelle, comme je le pensais souvent. Elle se trouvait romantique, je la trouvais naïve. Mais quel enfant va dire à sa mère qu'elle est naïve ? Tant que l'enfant était enfant, ça arrivait plutôt rarement.

Il y avait un point important qui m'empêchait de voir en Ernesto un possible criminel, malgré l'étui à trombone, malgré les billets de banque et les secrets : sa lâcheté. Je n'y avais plus pensé pendant ces trente dernières années, j'avais oublié parce que je voulais oublier. Un jour, il était venu me chercher à l'école, nous étions sur le chemin du retour, je devais avoir sept ou huit ans, j'avais les cheveux quasiment noirs à l'époque, comme lui. Notre quartier n'était pas des plus réputés, nous vivions aux abords minables de la ville, dans un appartement qui surplombait la route nationale, à cinq minutes de l'autoroute et des tapineuses. C'était là que vivaient les perdants, les immigrés et les nazis. On dirait de nos jours « un quartier sensible », à l'époque on préférait ne rien dire.

Ils s'étaient mis en travers de notre chemin, un groupe de petits mecs, un rempart.

Rangers aux pieds, bombers, crânes rasés, la panoplie habituelle, toujours en vigueur aujourd'hui. Ils nous ont traités de sales métèques, barrez-vous, ils ont dit, retournez d'où vous venez, et pour finir, ils nous ont craché dessus, le choisissant d'abord lui pour cible, puis moi. Ernesto baissait la tête et tenait ma main, il n'a rien fait de plus. Il m'a tenu la main pendant que six nazis me crachaient dessus l'un après l'autre. La prochaine fois, ont-ils dit avant de filer, ils nous tueraient. Sans un mot, nous avons repris notre chemin. Ce n'est qu'en arrivant devant notre barre d'immeubles qu'Ernesto m'a lâché la main pour démolir une benne à ordures. Il l'a martelée à coups de poing, martyrisée à coups de pied. C'était une benne en métal, et il causait plus de raffut que de dégâts. Il s'est défoulé pendant de longues minutes. Je l'attendais à quelques mètres de là, et je haussais les épaules en souriant quand un passant s'offusquait de ce débordement jugé anormal. Je suis restée à faire le planton tandis qu'il enfonçait dans cette poubelle sa colère accumulée. Ensuite, au dîner, il y a eu des pâtes maison.

Peut-être voulait-il simplement éviter les ennuis. Après tout, c'était bien légitime de vouloir éviter les ennuis quand on avait affaire à la mafia. Je pouvais tout réécrire et réinterpréter à ma sauce. Mes souvenirs étaient une pâte malléable. Je pouvais les façonner comme bon me semblait.

* * *

Le paysage ne portait la trace de rien, des prés fleurissaient et un voilier rouillait, échoué dans une crique. Le seul village que j'ai traversé n'abritait que des chats. J'avais erré sans but ni bon sens, ne rencontrant que mes propres souvenirs et quelque chose d'inquiétant, qui s'était ancré en moi. Je n'étais pas de ceux qui ont un sixième sens. Je rejetais résolument la dictature du sixième sens. Je voyais ce que je voyais, j'entendais ce que j'entendais, et les fantômes, le surnaturel, les pressentiments et les revenants n'en faisaient certainement pas partie. Rien que l'astrologie, déjà, me répugnait. Mais cette île avait un côté inquiétant. Qu'il puisse s'agir là d'une sorte de lien et qu'un *sixième sens* me permette de sentir ce lien avec quelque chose ou quelqu'un, que je sois donc non seulement en train de m'enfoncer dans la crise de la quarantaine, mais en plus menacée de succomber à une marotte spiritiste, à cette idée, je me sentais complètement anéantie. Peut-être était-ce encore l'arrêt des antidépresseurs, un fil qui dépassait de la pelote d'effets secondaires. On ne supprimait donc pas un filtre pour laisser place à la vérité sans fard, à la sensation pleine et entière, non, l'ésotérisme prenait le relais. La pire perception de la réalité qui soit.

J'ai suivi la route qui longeait la mer et choisi le troisième bar que je voyais. La règle était valable sur toute la planète : pour en savoir davantage, il fallait trouver le bar des habitués. Musique à peine audible, stores délavés – cet endroit n'avait plus besoin de points d'exclamation. Je me suis installée dehors à l'une des nombreuses tables libres et, quand j'ai demandé une bière au barman venu prendre la commande, il m'a dit que cette semaine ils n'avaient plus que de la Mythos – un mythe à boire, j'étais ravie, même s'il affirmait que c'était vraiment la plus dégueu des bières grecques. La mauvaise humeur lui tenait apparemment lieu de trait de caractère, et là encore, j'étais ravie.

Devant moi, sur la table, un amas bien ordonné de coquilles vides – de ces coques de graines de tournesol que laissaient sur leur passage les hommes au régime, en état de manque ou taraudés par je ne sais quelles tares psychiques. Je n'avais jamais vu personne s'empiffrer par goût d'un demi-kilo de pépites de tournesol. Rien ne disait mieux la nervosité et la névrose que cette manie de décortiquer des graines. J'ai balayé le tas d'un geste de la main, et je l'ai remplacé par un cendrier.

Tant qu'il faisait encore jour, je suis restée assise là à boire et à fumer, à regarder la mer et à attendre que quelque chose se passe.

Le lendemain, j'ai répété l'opération. J'ai balayé les coquilles de la main, bu et attendu. Il me semblait de plus en plus absurde de chercher des réponses : plus je leur courais après, et plus elles jouaient les filles de l'air.

Le troisième jour, je faisais partie des meubles, j'avais l'autorisation, et même l'obligation, d'aller chercher moi-même ma bière dans le frigo. Une semaine encore au maximum, et j'aurais une histoire avec le barman, quelle qu'elle soit, peu importe que je sois au courant. J'étais la seule femme de moins de soixante ans qui voyageait seule ici, les hommes et les rumeurs allaient me coller aux basques comme des chats errants.

Plus tard, accoudée au bar avec six Grecs en survêtement, je buvais avec eux de la mauvaise Mythos en bavardant à voix basse. Les Grecs, disaient-ils, étaient un peuple mélancolique ; et certes on ne pouvait pas dire qu'on riait beaucoup par ici. Le barman m'a raconté les histoires des autres. J'avais eu droit à celle de la céramiste qui avait perdu son mari l'année passée, je savais que la mère du gars tout à droite pressait elle-même son huile d'olive et qu'elle pouvait m'en vendre, sous le manteau, bien sûr, dans des demi-bouteilles en plastique. J'avais appris l'histoire de la petite stèle commémorative, au carrefour – un accident de la route quelques années auparavant –, et comment la famille s'en était sortie par la suite (mal). Le frère de celui qui était à gauche, au comptoir, s'était suicidé à Athènes. Il travaillait dans une banque, c'était quand même quelqu'un de correct. Personne ne voulait comprendre.

Ils parlaient de cette pression, du fait qu'avec la crise, les hommes étaient de plus en plus nombreux à se suicider. D'autres disaient que le choc était passé, que la crise faisait désormais partie du quotidien. Est-ce qu'elle cesserait un jour, est-ce que ça irait mieux ensuite ? Personne ne le savait, et on s'en fichait. Au bar, les hommes étaient pour le retour de la drachme. Ils m'ont montré leurs vieux billets, chacun en avait un dans sa poche, et derrière le comptoir, les bouteilles d'alcool cachaient un billet de mille.

« Fuck the EU », disaient-ils. Pas plus de soixante euros de la banque par jour, et ça depuis des mois. Maintenant, ils avaient deux ou trois comptes dans différentes banques, mais les affaires étaient au point mort, les virements vers l'étranger impossibles. Depuis des jours, je buvais à l'ardoise en attendant de pouvoir me débarrasser de mes gros billets. Faire preuve de solidarité n'avait jamais été aussi simple, il me suffisait de claquer mon fric sur cette île grecque.

Assis seul à une table, le vieux patron torturé par des douleurs à l'estomac a raconté que la veille, il avait ressorti un vieux bouquin de Dylan Thomas, que ça marchait parfois contre toutes sortes de douleurs, et qu'il avait trouvé dedans cent mille drachmes dans une enveloppe. En prévision des coups durs. Ça l'a fait rire, et il s'est tordu de douleur. Ses dernières économies n'étaient plus bonnes qu'à servir de marque-pages. Qu'on le paie aujourd'hui, demain ou jamais, ça n'avait plus aucune importance pour lui. Chaque soir, il fermait les portes et laissait l'ouzo dehors à l'intention des clients aguerris. Les plus aguerris étaient les Suédois, qui dormaient sur les chaises du bar. À croire que toute l'Europe venait jusqu'ici pour faire naufrage. Ici, on vendait le vin au poids, deux euros quatre-vingts la livre. Un prix imbattable pour se biturer, avec en prime la vue sur la mer bleu turquoise. Pauvres Suédois, me disais-je, forcés de quitter leur patrie pour se pochetronner.

Le barman a servi du rakomelo, une boisson chaude à base de raki anisé et de cannelle. Il faisait froid cette nuit-là, et les Grecs en survêtement m'ont parlé de la rudesse de l'hiver, de l'été qui n'était qu'un long labeur, et de l'alcool qui n'aidait plus depuis longtemps. Nous avons levé nos verres à la santé du patron et à la bonne nouvelle du jour, l'arrivée tant attendue du bateau qui transportait son dentier.

Personne n'a parlé d'Ernesto, et je n'ai pas osé poser de question. Le braiment d'un âne s'est invité dans le silence, un cri tel que je n'en avais encore jamais entendu, et quand j'ai demandé si c'était un cri de plaisir ou de douleur, ils ont secoué la tête sans comprendre la différence.

* * *

« Monte, a dit Yannis. Je vais te montrer le paradis. » En arrivant sur la terrasse le matin, je l'avais trouvé adossé contre sa voiture. Contrairement à notre première rencontre, il avait l'air fringant, presque jeune – il l'était d'ailleurs peut-être. J'aurais été bien incapable d'en juger. Il avait perdu ses cheveux et une dent de devant, à gauche. Et aussi un peu de sa jugeote, avait dit le barman. *Stupidito*. À ses yeux, les hommes qui m'appréciaient étaient des imbéciles. Il était le seul cerveau de cette île, un Albanais pour qui tous les Grecs étaient des flemmards. En plus, avait-il ajouté, ce Yannis était un communiste, ce que je voulais bien croire. Des reliquats du mouvement hippie lui collaient encore à la peau, si bien qu'on voyait en lui, au choix, un vaurien ou un clown. Il faisait soi-disant pousser de l'herbe pas loin de chez lui, se promenait pieds nus sur les chemins de terre et prenait des gouttes homéopathiques, fabriquées par son meilleur ami qui portait le même prénom. Quelques années auparavant, ses parents avaient quitté Athènes pour s'installer ici. Le père avait construit une maison, aujourd'hui transformée en pension, et le reste de la famille était coincé derrière des fenêtres sans vue. J'avais eu droit au tableau complet, et le tableau complet me donnait une bonne raison de monter dans sa voiture.

Nous foncions sur la route en lacets en écoutant Elvis. Un jour, pour se rendre au port, un trajet de normalement vingt minutes, il n'en avait eu besoin que de douze, a-t-il raconté. En sortant de la voiture, les amis qu'il avait conduits en urgence au ferry avaient vomi dans les eaux du port. Mais leur ferry, ils l'avaient eu. Il a ri, et j'ai vu qu'il ne lui manquait pas qu'une seule dent. Plus loin au nord, il m'a montré les bistrots les plus authentiques, les cafés les plus miteux, les criques les plus impressionnantes. Nous avons visité un cloître taillé dans la roche, bu la liqueur maison et plaisanté avec les moines. Ils racontaient des histoires, chantaient et riaient en tapant sur leur froc chaque fois que Yannis ouvrait la bouche. Avant ça, je n'avais jamais vu de moine rire, mais c'était peut-être simplement parce qu'ils étaient bourrés. Cette île était un paradis peuplé d'ivrognes. On y vivait plus lentement, et on y mourait plus vite.

Yannis prenait les virages sans lever le pied, il avait le droit parce qu'il savait faire. J'ai fermé les yeux. La confiance était parfois la dernière issue. Quand je les ai rouverts, il a montré au loin une maison isolée, et il a dit : « Si tu as tué quelqu'un chez toi, tu peux te cacher là. Personne ne te trouvera ici, je veille sur toi. »

En vérité, on m'avait rarement dit quelque chose d'aussi romantique, d'aussi apaisant. Dans cette vie, on ne pouvait exclure aucune catastrophe, de naissance on était tous capables de tout. Dans cette vie, chacun avait besoin de complices pour s'en sortir, même par temps apparemment calme.

« À ce qu'on raconte, a dit Yannis, il y a des Italiens qui se sont planqués dans ce trou à une époque. »

D'un ton le plus détaché possible, j'ai essayé de dire que j'avais envie d'y aller, mais ma voix est montée dans les aigus.

« C'est une ruine, a dit Yannis. Il n'y a rien à voir.

– Il faut bien que je voie où tu comptes me cacher un jour. Si la maison est trop affreuse, je ne tuerai peut-être personne, finalement.

– Je n'y suis jamais allé. Des choses terribles se sont passées là-bas.

– Quoi, comme choses ?

– Rien qu'on doive voir.

– Je veux y aller. S'il te plaît.

– Il y a un truc tordu chez toi, a dit Yannis. Ça fait des heures qu'on visite le paradis, et la seule chose qui t'intéresse tout à coup, c'est une baraque délabrée. »

Qui, entre-temps, avait disparu derrière nous au virage suivant. Nous nous en éloignions de plus en plus vite.

« Arrête-toi, bordel ! »

Surpris, il a freiné et m'a regardée.

« C'est pas Dieu normal, a-t-il dit, et il a fait demi-tour.

– Merci », ai-je soufflé.

Nous avons bifurqué dans un chemin étroit et cahoteux qui montait vers la maison. De loin, je voyais que la porte manquait, les fenêtres étaient des orbites vides, et autour de la bâtisse ne poussaient que des mauvaises herbes. Une terre brûlée.

« Qu'est-ce que tu veux faire ici ? » a demandé Yannis sans attendre de réponse. J'avais tourné le dos à son paradis, je savais que je l'avais déçu. Sans être liés d'aucune sorte, nous avions déjà notre première dispute. Mais je me trompais en pensant qu'il était vexé ou blessé : il avait peur. Une fois garé devant la maison, il nous a allumé deux cigarettes.

« On s'en grille une avant d'entrer ? » a-t-il proposé.

Il a évoqué un crime, commis bien avant qu'il ne vienne s'installer ici. Des bruits circulaient même sur la mafia, ce qui laissait Yannis pantois.

« Tu sais, a-t-il dit, il n'y a pas de crime ici, on s'arnaque tous, c'est vrai, mais on ne s'assassine pas. On ne pique même pas la femme de son voisin. Quand on commence avec ça, tout le monde y perd. Personne ne peut partir d'ici. Une île comme celle-là, c'est une prison. Si tu fais des conneries, tu ne peux pas te barrer. »

Je ne regardais pas Yannis, je n'avais d'yeux que pour la maison, pour la façade où il me semblait discerner des traces d'impact.

« Qu'est-ce que tu veux faire ici ? a-t-il répété.

– Juste regarder », ai-je dit, et comme il refusait de me croire, j'ai prétendu que j'écrivais des romans policiers. Ou du moins que j'en avais l'intention. Les

Allemands raffolaient de polars, ai-je dit, et avec un polar, avec une série de polars qui se déroulent sur une île grecque, j'allais toucher le pactole – j'y croyais presque en le racontant. Je lui ai promis qu'il figurerait aussi dedans et qu'une fois devenue riche, je reviendrais avec de l'argent plein les poches, rien que pour lui, parce que moi, j'en aurais déjà assez, il fallait juste qu'il descende avec moi de cette voiture maintenant, juste qu'il me raconte tout ce qu'il savait, mais il ne savait pas grand-chose. Ce qui s'était passé ici, on n'en parlait pas.

Nous avons avancé lentement vers la maison, pas dans la crainte d'un danger, d'une menace pour nos vies, mais parce que nous étions dévorés par une seule angoisse : qu'il y ait encore un cadavre à l'intérieur. On pouvait imaginer un millier de scénarios sur la manière la plus adaptée de retrouver son premier amour et sa première déception fulgurante – l'état de décomposition avancée n'en faisait pas partie.

Yannis a regardé à l'intérieur par la fenêtre, tandis que je pénétrais dans la maison d'un pas hésitant.

Pas de corps ni de restes humains, pas d'ossements. Pas même une odeur. Contre le mur il y avait un lit, sans matelas ni couverture, seulement un cadre avec un sommier. Mais il était énorme, un lit despote pour ainsi dire, d'au moins deux mètres sur deux, tout en acier, avec une tête de lit tarabiscotée, des boules ornementales aux quatre coins, le tout surmonté d'une structure forgée. Un lit à baldaquin dont le ciel de lit pendait en lambeaux. Loin de ce que j'avais compté ressentir, une seule pensée s'est imposée à mon esprit : rien que pour un lit pareil, on méritait une balle dans la tête.

La maison ne comportait en fait qu'une pièce, et cette pièce n'était quasiment que ce lit. Au mur, à droite, il y avait un évier et, à côté, une bonbonne de gaz. Pas de livres, pas de vêtements, pas de tomates en conserve. Pas de meubles, pas de chaussures, pas de lettres, pas de cachets, pas de vin, pas même une bouteille vide. Pas de stylos, pas de notes, pas de photos. Rien. Rien que de la poussière et de la crasse. Et ce lit, qui ne pouvait pas avoir appartenu à Ernesto. Il n'était jamais venu ici, il y avait forcément confusion. Il était si facile de confondre les morts. Et plus encore les espérances. Derrière moi, j'ai entendu Yannis entrer dans la maison à pas prudents. Je me suis tournée vers lui, et j'ai dit : « Ils ont tout pillé. »

Il a parcouru la pièce du regard et aussitôt fait remarquer que quelque chose clochait. Le lit. Le lit clochait pour toutes sortes de raisons, bien sûr, mais surtout une : il avait de la valeur.

« C'est de l'acier, a constaté Yannis après l'avoir observé de près. Il est affreux, c'est un cauchemar, cent pour cent porno, mais c'est de l'acier. Personne ne pillerait une maison en y laissant le métal. Vu le prix du métal, les gens arrachent même les tuyaux des radiateurs. Ce n'est pas un pillage. Quelqu'un a pris ses affaires. Quelqu'un qui a laissé sur place ce qu'il ne pouvait pas porter seul. »

Une étrange sensation de froid s'est emparée de moi. Dans la maison, je frissonnais de l'intérieur. Un froid glaçant dont je n'avais pas imaginé qu'il puisse exister en moi. J'ai fait volte-face pour partir, je ne voulais qu'une chose, quitter cet endroit, j'étais déjà presque dehors quand je les ai vues. Dans le coin, à droite, tout près de la porte, gisait un tas de pépites décortiquées. Un tas bien propre, exactement semblable à ceux que j'avais balayés de la main ces derniers jours, sur la table du bar.

Quelqu'un s'était assis dans ce coin à attendre. Quelqu'un s'était assis ici à crever de nervosité.

Nous sommes retournés vers la voiture, je marchais en regardant droit devant moi, et Yannis a concédé que cette idée de polar n'était pas si bête. Elvis chantait à pleins poumons dans l'habitacle, Yannis épousait les virages, et le monde était exactement comme tout à l'heure, à l'aller, pourtant il me paraissait lointain. Un lien s'était rompu, le lien avec ma propre histoire. Quand l'autre partait, on espérait toujours une dernière conversation, un dernier éclaircissement, l'aveu a posteriori que la séparation avait été une erreur. Même la mort d'Ernesto n'avait pas su éteindre cet espoir en moi. Mais l'idée que cette mort puisse ne pas avoir eu lieu, qu'Ernesto, encore et toujours en vie, ne se soit jamais manifesté, m'ôtait la force dans laquelle j'avais jusque-là puisé mon pardon. Il existait peut-être une vérité susceptible de faire s'écrouler l'édifice sur lequel je m'étais appuyée toute ma vie. Pourquoi pas devenir folle ? C'était une option. Et pourtant, je n'avais encore rien vu, rien que des pépites.

« Hé, a fait Yannis à côté de moi, tu es toujours là ?

– Non.

– Tu aimes le porc ? C'est ce que je te demandais.

– Le porc ?

– Oui, cet animal tout rond, tout mignon, mitonné avec des pommes de terre, des tomates, du thym et du romarin. »

Quand on n'avait plus aucune certitude, mais une intuition persistante, quand rien ne permettait de deviner ce qui allait arriver, on pouvait aussi bien se poser sur une chaise et manger du porc.

Yannis a servi le repas sur la terrasse. Je n'ouvrais presque pas la bouche, et nous n'étions décidément pas assez proches pour nous taire ensemble, alors il a fait la conversation tandis que je hochais la tête. Autour de nous, la nuit tombait.

Le matin, a-t-il raconté, un bateau de réfugiés était arrivé dans la baie. En premier, ce que les réfugiés avaient vu, c'était un Suédois saoul. En deuxième, l'eau et les vivres que les habitants du village avaient apportés. Et en troisième, un policier, le seul de l'île, qui les avait mis dans un bus et escortés au port, où le ferry pour Le Pirée appareillerait le jour suivant. Yannis, l'air profondément désemparé, en secouait toujours la tête d'incompréhension quand le ciel s'est soudain assombri. En quelques secondes, le village a disparu devant nous, le tonnerre a fait trembler les falaises et des éclairs ont illuminé la baie : des puissances infernales plantaient le décor. Une colère pure et brutale éclatait devant nous. Zeus n'était plus une éventualité, je croyais même voir son foudre. Ensuite, tout s'est obscurci, plus aucune lumière ne brûlait, le village s'était éteint. Nous avons allumé les lampes de nos portables et rentré la vaisselle.

* * *

Yannis a gémi ou juré, je connaissais sa langue encore moins que je ne le connaissais, la différence n'était donc pas simple à établir. Le réveil sonnait en mode snooze. Yannis a dit qu'il devait préparer le petit déjeuner. Pas la peine, ai-je répondu, je ne déjeune pas. Il a ri, s'est habillé et a fait cuire des œufs pour l'appartement à l'étage, à droite, tandis que je me rendormais.

Il est revenu sans son plateau et, pour des raisons obscures, s'est rasé les testicules avant de se recoucher. Les volets étaient fermés, la climatisation ronflait, le coq chantait toutes les heures. Je ne savais pas combien de temps j'avais dormi, je n'avais sûrement pas eu le sommeil aussi profond depuis des mois.

Quand je lui ai demandé s'il pouvait me prêter sa voiture, juste pour l'après-midi, il a secoué la tête comme pour dire simplement : « Fais ce que tu veux. »

« La clé est dans la poche de mon pantalon », a dit Yannis, puis il s'est glissé sous la couette et moi hors de la maison.

* * *

J'étais là. Seule face à la ruine. Derrière moi, la mer. J'ai fait le tour du bâtiment, traversé le terrain, voulu pénétrer dans la petite cabane des toilettes, abandonné aussi vite cette idée. Finalement, je suis entrée dans la maison et me suis assise par terre, les pépites entre mes doigts. Elles n'avaient tout au plus que quelques semaines. S'il s'agissait d'Ernesto, s'il était encore en vie, il était revenu s'asseoir régulièrement dans ce coin. Sous les pépites, j'ai aperçu une tache sombre. Du sang, peut-être. Je n'avais vu Ernesto saigner qu'une seule fois. Un dimanche. Il s'exerçait au trombone au salon quand ma mère s'était mise à hurler, elle lui criait dessus, et lui jouait, jouait toujours, ignorait les insultes, soufflait de plus en plus fort dans l'instrument, jusqu'à ce qu'elle se jette sur lui. Elle a pris son élan et frappé sur le trombone qui est venu heurter les dents d'Ernesto. Le sang a coulé sur son menton, de sa lèvre ouverte. Je m'en souviens, j'étais assise par terre, occupée à un puzzle comme s'ils n'étaient pas là. Je n'ai jamais su de quoi il retournait vraiment.

Comme alors, j'étais maintenant assise par terre dans un coin, avec des morceaux de puzzle que je tentais d'assembler pour reconstituer une image. J'allais l'attendre, ce type qui s'asseyait à ma table et s'empiffrait de pépites, ce type qui disparaissait toujours avant que j'arrive. Qui me crachait littéralement son message.

J'ai observé une dernière fois ce qui m'entourait, arpenté ce secret abandonné, franchi la porte ouverte, foulé les mauvaises herbes, jusqu'aux buissons. Juste devant moi, un bout de tissu gris recouvert de terre, et quelque chose qui en dépassait, comme un présent emballé à la va-vite. Appuyée sur une main, j'ai déterré de l'autre le pistolet à demi enfoui. Pourquoi avait-on enterré une arme ici, depuis combien de temps, l'avait-on abandonnée volontairement ou bien perdue, peut-être était-ce seulement le vent qui l'avait ensevelie – toutes ces questions me traversaient l'esprit, mais au fond, je ne m'étonnais plus de grand-chose. Pour l'étonnement, il était trop tard, je savais que je n'avais aucune prise sur le cours des choses, je m'étais fait une raison depuis longtemps.

Le pistolet pesant dans la main, j'ai rabattu le tissu, repoussé la glissière et constaté qu'il était chargé. Je ne connaissais pas grand-chose aux armes, mais suffisamment pour appuyer sur la détente. Des années auparavant, je m'étais rendue dans un stand de tir, un ancien site d'entraînement pour soldats américains, au fin fond de Berlin-Ouest. On m'avait expliqué les pistolets et les fusils, leur maniement, la législation, les mesures de sécurité, les différents calibres, et j'avais tout oublié, sauf une chose : le plaisir de tirer. J'ai pointé l'arme sur la maison, calé ma main droite avec la gauche, visé un point en dessous de la fenêtre, hausse et guidon, et j'ai tiré. La détonation m'a assourdie un instant, mais j'ai goûté la chaleur qui m'a inondée quand le coup est parti. Évidemment, ce n'était rien d'autre qu'une sensation de pouvoir. Je me souvenais qu'elle avait duré, la dernière fois. Des heures après avoir quitté le stand de tir, je me sentais encore supérieure. Je n'avais pas marché dans les rues la tête si haute depuis longtemps. C'est dans une posture similaire que je suis retournée cette fois à la voiture, à une différence près : je tenais toujours l'arme à la main.

* * *

Sur son vélo, le barman parcourait la rue dans un sens et dans l'autre. Je me suis dit que ce devait être son premier vélo depuis sa jeunesse, un vélo flambant neuf, avec le nom *Orient Comfort* gravé sur le cadre. Il ne roulait pas, il se pavanait nonchalamment. Le coq du village perché sur un vélo rouge. Avec une peau étonnamment douce, m'avait glissé la céramiste à l'oreille. Il s'appelait Grigori.

Je me suis installée à la table habituelle, encore libre et sans coquilles. C'était le début de l'après-midi, les vacanciers buvaient leur première Mythos et les retraitées esseulées se retrouvaient pour un cours de danse méditative. Je ne faisais rien, j'attendais. Comme chaque fois dans ce cas, il y en avait toujours un pour venir entamer un flirt ou entonner sa complainte. Pour moi, c'était du pareil au même, ils commençaient avec l'un et terminaient avec l'autre.

Dix-sept ans qu'il était ici, a raconté Grigori en s'asseyant à côté de moi. Et quinze ans dans le même bar. Un bar qui pourrait bientôt être à lui, mais il en avait assez. C'était son dernier été, il quitterait l'île avant les derniers touristes.

« Les femmes disparaissent, a-t-il dit. Et l'argent aussi. *Greece is no good anymore. In Greece*, à part le soleil, il n'y a plus rien de bon. Pas de projet, pas de chantier, pas d'argent. Je suis fatigué. (Cela faisait des jours qu'il le disait, sans doute des années.) Je ne suis même pas allé nager une seule fois, *no time.* »

Et en disant cela, il a regardé la mer comme s'il regardait son ex-femme.

On a entendu en provenance de la cuisine un claquement spongieux sur le plan de travail, suivi d'un juron. Dans l'arrière-boutique, le poulpe était passé à tabac. Un jeune Pakistanais est sorti du bar et a jeté son tablier à la tête de Grigori.

« Qui est encore plus flemmard que les Grecs ? m'a-t-il demandé. Les Pakistanais ! »

Sur ces mots, l'Albanais s'est éclipsé, et j'ai eu droit à une autre compagnie. La solitude relevait ici de l'impossible. Cette présence continue me hérissait de plus en plus, ici je ne disparaissais pas, je faisais l'effet d'une bombe. Personne ne souhaite être entouré au moment de trouver son moi.

Le Pakistanais m'a montré sur son téléphone une photo d'un joint colossal.

« *You smoke ?*

– *No*, ai-je dit, *I don't smoke.* »

Ce que jamais personne n'avait voulu croire quand je le disais, lui pas plus que les autres. Il m'a fait un clin d'œil un peu puéril, tout juste encore acceptable à son âge – il ne devait pas avoir plus de vingt-cinq ans.

« *You big, I'm small. No problem for me* », a-t-il dit en me montrant des photos d'une femme qui avait quelques années de plus que moi. Elle aussi, il l'avait eue dans son lit. « *No problem. You big, I'm small.* »

Était-ce cette phrase ou un soupçon d'amour maternel tout à fait déplacé ? Au fond, peu importait de savoir ce qui avait déclenché l'envie de la joindre par téléphone.

« J'ai un coup de fil à passer », ai-je dit. Il me semblait n'avoir jamais ressenti en pensant à ma mère l'envie de l'appeler. C'était toujours une réflexion d'ordre poli : je ne me suis pas manifestée, je devrais le faire. Et voilà que je cherchais à présent avec fébrilité son prénom dans mon portable : Karin.

Elle a tout de suite décroché, avec ce bon vieil enthousiasme forcé qui m'aurait presque donné envie de couper d'emblée la communication.

« Ma fille ! a-t-elle braillé dans le téléphone.

– Oui, oui, ai-je dit. C'est bien elle.

– Pour une surprise, c'est une surprise !

– Eh oui.

– J'ai tellement pensé à toi.

– Je sais.

– Mais pas de nouvelles, c'est toujours bon signe, pas vrai ?

– Va pour les bons signes.

– C'est ce que je me disais. Ma fille a la belle vie, hein !

– Écoute, je suis en Grèce…

– Oh, on va faire court alors. C'est tellement cher.

– Ça va, Karin, il n'y a plus de surtaxe en Europe. C'est tout inclus.

– Tu es toujours tellement bien informée !

– Tu sais, ai-je repris, j'ai beaucoup pensé à Ernesto ces derniers temps.

– Ernesto ? Mais pourquoi ?

– Son rêve n'était pas d'aller en Grèce ?

– En Grèce ? Non, il n'a jamais voulu aller en Grèce. C'est moi qui voulais y aller. La Crète ! Partir en vacances au moins une fois… Et où est-ce qu'on a atterri ? Au Danemark ! Non, non, Ernesto n'a jamais voulu aller nulle part, en tout cas pas avec moi. Il était déjà tout le temps en déplacement, pour son travail, tu dois encore avoir ça en tête. »

J'avais encore tout ça en tête, oui, du moins tout ce qui avait déjà pu y être à l'époque. Je lui ai demandé si elle n'avait vraiment plus jamais entendu parler de lui, et elle m'a demandé pourquoi ça m'intéressait tellement, pourquoi je rouvrais d'anciennes plaies. Elle m'a conseillé de l'oublier, de faire comme elle.

« Ernesto. C'était il y a tellement longtemps, a-t-elle dit. Je n'ai plus pensé à lui depuis des lustres. »

La reine de l'oubli. Je voyais ma mère comme une femme heureuse. Elle était capable de refouler les choses, d'oublier les rejets, les refus et l'échec, de recommencer à zéro comme si aucun amour ne l'avait abîmée. Elle aimait avec la plus grande innocence et la plus grande naïveté, encore et encore. Dans mon souvenir, elle ne s'était jamais accordé de pause. Elle empilait le bonheur sur le malheur, le malheur sur le bonheur, à une dose et à une vitesse telles qu'elle semblait disparaître dessous.

« Ça fait dix ans qu'il est mort.

– Tu vois, ça fait un bail. »

Un chapitre clos. D'abord il l'avait quittée, et puis il était mort. On ne pouvait pas aller plus loin en matière de fin, pour elle l'histoire était terminée. Les amants de ma mère étaient les amants de ma mère. Elle n'avait visiblement jamais pensé qu'ils avaient été pour moi pères, beaux-pères, amis, objets de haine, violeurs. Sa dépendance m'avait contrainte à une indépendance radicale. Une liberté comme une malédiction, et au moins pour ça, j'aurais aimé lui faire porter le chapeau.

« Ça n'a pas toujours été facile non plus avec lui, a-t-elle dit. Les Italiens, quoi, et moi, l'Allemande du Nord. Ça bardait, tu peux me croire.

– J'étais là, Karin. Ne fais pas comme si je ne l'avais pas connu, s'il te plaît.

– Mais tu étais petite. Et avec toi il a toujours été gentil, vraiment.

– Pourquoi est-ce qu'on n'est jamais allées en Italie avec lui ?

– À cause de l'argent.

– C'était ça, la raison, l'argent ?

– On rentre au pays en homme arrivé, c'est ce qu'il disait. Pas en petit tromboniste de rien. Peut-être aussi que je lui faisais honte. Je ne sais pas. Personne n'est jamais venu. Une grande famille comme ça, et je n'ai jamais rencontré personne. C'était quand même bizarre. »

Elle avait raison, même si ça ne m'avait pas frappée à l'époque. La famille d'Ernesto ne m'avait pas manqué, au contraire : sa solitude le liait à nous. Quelqu'un de si isolé ne partait pas, c'était ce que j'avais cru.

« Je l'ai revu une fois, a dit ma mère. Peu de temps après la séparation, je pense.

– Il est revenu nous voir ?

– Non, c'était par hasard.

– Où ça ?

– Chez Ikea. J'y étais allée avec Rainer.

– Quel Rainer ?

– Mais enfin, tu sais bien ! Rainer.

– Celui qui était chauve ?

– Non. Enfin si, peut-être derrière. Un peu.

– Celui qui prenait de la coke ?

– Tu veux bien arrêter, oui !

– Rainer. Je l'avais presque oublié, celui-là.

– Oui, bon, ça n'a pas tenu longtemps, il faut dire. Au moins, il a posé les rideaux.

– Et ils ont tenu, eux.

– Je ne vois pas pourquoi je devrais écouter ce genre de remarques.

– C'est vrai. On parlait d'Ernesto.

– Exactement, a-t-elle dit. Il était là avec une femme. Bras dessus, bras dessous.

– Quoi, comme femme ?

– Eh bien, une autre, une nouvelle, quoi. On n'a pas beaucoup parlé. Tu vois bien le genre, de quoi est-ce qu'on peut parler, en plus chez Ikea ? »

À chaque nouvelle tranche de vie, on se retrouvait chez Ikea, chaque fois l'espoir naissait et prenait fin là-bas, me suis-je dit. Tous les compteurs à zéro, et un hot-dog pour faire passer.

« Tu t'es déjà demandé s'il avait une double vie ?

– C'est un interrogatoire ? a-t-elle répliqué en riant. Tu poses des questions bizarres.

– Juste une petite recherche, ai-je menti.

– Une recherche pour quoi ?

– Pour moi. Je pense souvent à lui, tu sais. Il me manque, il m'a toujours manqué.

– Je suis désolée, je suis tellement désolée pour tout ça. Si je pouvais, je…

– Tu ferais tout différemment, je sais. »

Jusqu'à présent, cette réponse lui avait toujours permis de m'échapper et, là encore, je l'ai entendue se mettre à pleurer. Le premier qui pleure a raison, et surtout : on ne frappe pas ceux qui pleurent. C'était sa façon d'éviter chaque conversation désagréable, chaque critique possible et toutes les questions fâcheuses. Je me suis demandé combien d'années il me faudrait encore pour libérer ma colère de l'étau de la compassion. Et si ma mère serait là pour assister à ce moment. Il ne vaudrait mieux pas.

« Ce n'est pas si grave, ai-je dit comme chaque fois. Ça va, je suis toujours en vie. »

Elle a à nouveau reniflé, théâtralement à mon goût, et pour finir, m'a assurée de son amour tandis que je me confondais en excuses. Ces conversations étaient un rituel auquel nous nous prêtions rarement. Un rituel aussi inutile que douloureux.

Après que j'ai raccroché, le barman est venu poser sur la table une assiette de poulpes carbonisés. « Cadeau de la maison », a-t-il dit.

J'avais devant moi des tronçons de tentacules noircis. Il a aussi apporté du citron, et le jour s'est enfoncé dans une désolation fébrile. Autour de moi, des Suédois éclusant et des yogis herborisant. Pas de père à l'horizon, pas de pépites. J'attendais, et il ne venait pas. Je connaissais ça trop bien. Tout se répétait, j'aurais aussi bien pu raconter ma vie au travers de l'attente. Attendre que quelqu'un revienne, et finalement, dans un sursaut, plier bagage et disparaître. J'ai suçoté un bout de tentacule carbonisé, qui plus est refroidi.

Le soleil s'est couché comme si le malheur n'existait pas. C'était peut-être beau, mais loin d'être romantique. Le soleil s'en fichait comme il se fichait de tout. Voilà, c'est ça, brûle ! Brûle les buissons, la raison, l'ambition. Brûle l'austérité, la peau et la mélancolie. Donne-moi un coup de vieux quand les ombres désertent la terre. Fais-moi cligner des yeux dans la lumière. Et cesse de me prescrire la joie.

Devant moi, sur la plage, les bras étaient tendus vers le ciel. Comme chaque soir, les appareils photo faisaient la mise au point sur le coucher du soleil. On pouvait s'estimer heureux quand on avait quelqu'un pour poser au premier plan. La suite devenait sentimentale. Encore un jour qui disparaissait dans la mer, un jour en moins.

Le rythme s'accélérait. J'ai pensé au pistolet dans mon sac, qui avait sur moi un effet étrangement apaisant. Je pouvais presque déjà parler de paix intérieure. Les autres n'avaient qu'à méditer. La nuit était arrivée, et avec elle, les clients de circonstance, ils s'asseyaient à ma table – quand on était seul, c'est que c'était libre –, et ils étaient de plus en plus nombreux. Le ferry les avait crachés à terre, une meute de vieux habitués. Beaucoup venaient ici depuis plus de vingt ans, et il était peu probable qu'ils viendraient pendant vingt ans encore, ils dépérissaient déjà, ça leur donnait un sujet de conversation. Le paradis s'était changé en hall de clinique. Vite fait, bien fait, les gens, ça vous détruisait tout, il suffisait qu'ils ouvrent la bouche. Ils parlaient de maladies comme ils avaient sans doute autrefois parlé de musique, de drogues et d'amourettes, et ils se réjouissaient quand ils n'avaient à se plaindre que de maux de genoux. Comme si seuls se réunissaient ici les rescapés, dans cet endroit propice aux derniers jours heureux. Tous, ils mourraient avant moi. Je ne savais pas pourquoi je réfléchissais à ce genre de choses. Je commençais à craindre de perdre les autres. J'allais devoir me chercher des amis plus jeunes. Je vivais n'importe comment pour ne surtout pas être la dernière. Je m'esquintais par peur de survivre, en écoutant tranquillement les hors-bord se perdre à l'horizon. Au loin des enfants criaient, et le guitariste à côté de moi était trop saoul pour trouver un rythme, quel qu'il soit.

* * *

Yannis a porté dans la chambre à coucher les vêtements que j'avais laissés traîner sur le canapé. Au petit matin, a-t-il dit, il fallait que ça ait à nouveau l'air d'une réception. J'ai alors compris que tout le monde passait dans cette pièce. Soudain, j'ai eu peur que ses parents se réveillent – le genre d'angoisse que je n'avais plus eue depuis un bail.

Nous écoutions Amy Winehouse sur YouTube, et Yannis a dit qu'il l'avait rencontrée un jour par hasard à Londres, peu de temps avant sa mort, dans une cage d'escalier. Ils partageaient le même dealer.

« Ce ne sont pas les drogues qui l'ont tuée, a-t-il ajouté. C'est l'amour. » Il a parlé des émeutes à Athènes, des derniers mois passés entre amis et combats. En même temps, il cliquait pour arriver aux vidéos de ces nuits-là, à Exárcheia, quand pleuvaient les gaz lacrymogènes et les coups de matraques. On aurait dit que les étapes de sa vie étaient stockées sur YouTube. J'écoutais, je regardais les images, et si je restais auprès de lui, c'était seulement parce que je ne savais pas ce qu'on pouvait faire ensemble quand on n'avait rien à faire ensemble. Politesse post-coïtale.

Yannis a dit qu'ici, les gens regardaient par la fenêtre avec des jumelles. Qu'ici, on avait besoin des ragots comme de la mer et de l'ouzo. La plupart des hommes étaient seuls l'hiver. Le tourisme durcissait les cœurs, à la fin des vacances les femmes faisaient leurs valises, enfilaient leurs pantalons, leurs chaussures et embarquaient sur le ferry avant que ne pointe le jour, comme pour s'esquiver en douce. Restaient un bar, un comptoir, où les hommes se rejoignaient la nuit et où les mots venaient à manquer dès le mois de décembre. Quand on pouvait, on partait chercher une autre fortune sur le continent.

Son air las quand il a dit : « Il faut que j'aille chercher ma pancarte. » La pancarte qui portait le nom de sa pension. La pancarte avec laquelle il accueillait les clients. Les chargeait dans sa voiture, eux et leurs bagages.

Il la détestait. Il détestait cette pancarte. Cette pancarte derrière laquelle il disparaissait, qui le masquait, lui, et tout ce qu'il était. *Lofkes Studios*, un bel établissement, vue superbe sur la baie, excellentes notes sur tous les sites, et lui dormait dans l'arrière-boutique, avec vue sur la cour, ses parents à l'étage. La plaque à sa porte indiquait Réception, sans aucun nom.

* * *

Une sonnerie lointaine m'a réveillée, j'ai fouillé dans mes vêtements jetés négligemment ou arrachés en hâte, jusqu'à voir sur l'écran briller le prénom *Martha*.

« Tu es toujours là ? a-t-elle demandé.

– Maintenant, oui. Je ne trouvais pas le téléphone.

– Tu es toujours sur l'île ? C'est ce que je voulais dire.

– Oui, je suis toujours là.

– Et alors, c'est comment ? »

Mon regard a effleuré les stores baissés, un homme endormi, un cendrier et deux joints écrasés dedans, mon sac à main qui contenait une arme déterrée, et mes cuisses nues où s'était enracinée la cellulite.

« Très bien, ai-je dit. Un vrai paradis, en fait.

– Pourquoi *en fait* ?

– Il est ici. Il est ici, et il bouffe des graines de tournesol.

– Qui ça ?

– Ernesto. J'ai vu sa maison. Sa maison d'avant. Et j'ai vu ses graines.

– Quelles graines ?

– Il mange des graines de tournesol.

– Des graines de tournesol ?

– Oui, tout est plein de coquilles. La maison, le bar, des coquilles partout.

– Il y a des tas de gens qui font ça, sevrage tabagique, régime, toutes ces tortures, ça met des coquilles partout.

– C'est lui. Laisse tomber les coquilles, il est vivant.

– Mais tu ne l'as pas encore vu ?

– Non.

– Est-ce que ça va, Betty ? »

J'ai regardé Yannis, toujours endormi : « Attends, il faut que je sorte, je ne suis pas seule.

– Tu t'envoies en l'air tout en cherchant ton père mort ?

– Ce n'était pas mon père.

– Ce serait peut-être mieux que tu le voies comme tel, a dit Martha. Moins…, je ne sais pas, moins obsessivement. »

Martha avait raison, évidemment qu'elle avait raison. Je m'étais égarée, ça pouvait arriver – l'âge, les hormones, la nostalgie. Dans ma vie affective, je virais un peu hypocondriaque.

« Comment va Kurt ? ai-je demandé.

– On arrive demain par le ferry, a dit Martha. On est déjà en route, pour ainsi dire. »

Je suis restée bouche bée, ce n'était pas moi qui perdais les pédales, mais eux, de toute évidence ils étaient devenus fous. Restait à savoir comment Kurt était censé survivre à ça.

« Ce n'était pas mon idée, a dit Martha. Tout ce délire, dès le début, ça n'a jamais été mon idée. Il a passé vingt ans assis sur son canapé, il n'a jamais rien voulu d'autre que vivre dans l'inertie et, tout d'un coup, on dirait qu'il veut mourir dans l'action. Il me raconte combien il aime la mer. Ça fait des décennies qu'il n'est pas allé à la mer, il n'en a même jamais parlé. "Si je crève en chemin, tu n'as qu'à me jeter par-dessus bord", c'est ce qu'il a dit. C'est une fin qui lui plairait bien. "Allons voir Betty, il a dit, allons en Grèce." Je commence à en avoir ras le bol, de cette histoire de dernières volontés.

– Mais il peut encore marcher ?

– C'est bien le problème. Je ne sais pas ce que Francesca lui a fait. C'est une sorcière, cette femme. Quand je suis arrivée au lac Majeur, il était à la terrasse de l'hôtel, il mangeait du tiramisu et buvait une liqueur. Comme s'il s'offrait des vacances bien méritées.

– C'est plutôt une bonne chose, non ? ai-je avancé, innocente comme j'étais.

– Une bonne chose ? a grondé Martha. Elle l'a shooté à je ne sais quoi, il est complètement à côté de la plaque.

– Pourquoi est-ce que vous ne restez pas là-bas ?

– Elle l'a mis à la porte.

– Quoi ? »

J'avais été prête à y croire, à croire à ce dernier reste de grand amour, juste avant la fin. L'espace d'un instant, l'idéal romantique avait étincelé dans le lointain, pour finalement se réduire à un tas de cendres.

« Pourquoi est-ce qu'elle l'a mis à la porte ?

– Elle a dit qu'il ne pouvait pas mourir dans sa pension. Qu'il y avait déjà eu trop de morts, qu'à force, ça commençait à puer – c'est Francesca qui a formulé les choses comme ça. Enfin, pas la pension, ce n'est pas elle qui pue, c'est toute cette histoire. Elle a dit : "Encore un mort, et je finis en prison." Elle n'était pas au courant avant, mais apparemment, un ami qui est dans la police est passé boire un café et il lui a conseillé de se débrouiller pour que cet Allemand quitte la pension vivant.

– Qu'est-ce que c'est que cette histoire ?

– À mon avis, elle a un grain. Elle se prend pour un ange de la mort ou quelque chose dans le genre. Mon père n'a vraiment pas de chance avec les femmes. Tu aurais dû voir ça : toutes les armoires pleines à craquer de médicaments. Je ne sais pas, c'est une sorte de mouroir amateur. Et mon père, qui arrive encore à se faire mettre dehors. Résultat : c'est moi qui prends la relève. Elle m'a donné de la morphine. Je me demande bien comment je suis censée passer la frontière avec ça. Heureusement qu'on vient en bateau.

– Dans la couche.

– Quoi, dans la couche ?

– La came, mets-la dans sa couche.

– Sans rire, Betty ! Tu es très au courant, mais je peux encore me débrouiller seule. Je ne vais quand même pas me servir de mon père comme d'une mule.

– Mais c'est lui qui en a besoin.

– Évidemment qu'il en a besoin, mais personne ne lui a fait d'ordonnance. Il a fini ses médicaments depuis belle lurette.

– Vous ne devriez pas plutôt rentrer en Allemagne et aller à l'hôpital ?

– Il ne veut pas, Betty ! Hors de question, c'est ce qu'il a dit. Et je le comprends, tu vois, ils ne peuvent plus rien pour lui là-bas. Moi aussi, je préférerais être sur une île grecque avec une bonne dose de morphine plutôt que dans une chambre à quatre dans un hôpital bétonné de Berlin, a-t-elle dit, et elle a soupiré. Je ne sais pas comment je vais y arriver. Et quand je souhaite que ce soit déjà fini, j'ai l'impression d'être un monstre.

– On va y arriver ensemble. »

C'était un faux réconfort, j'en avais conscience. Quand je proposais mon aide, j'espérais toujours qu'on n'en ait pas besoin. Mes qualifications dans ce domaine étaient limitées, et ce, pour une raison simple : j'étais un boulet à tendance égocentrique. J'étais sensible, mais pas empathique. Ma sensibilité ne s'appliquait qu'à moi, et, au stade actuel, on ne pouvait même plus parler de sensibilité : j'étais chatouilleuse au plus haut point. J'étais le baril de poudre sur lequel je m'asseyais pour fumer. En proposant mon aide, je craignais diffusément d'aggraver la situation. Mon aide était implacable, mes conseils avaient entraîné par le passé des divorces, des démissions précipitées et des hospitalisations en psychiatrie. Mon aide était une catastrophe. Désormais, je me bornais à écouter, j'avais même acquis une certaine routine, avec vin rouge, petits biscuits et épaule sur laquelle s'appuyer. Mais surtout pas de conseils ! Côté pratique aussi, j'étais minable. Je savais à peine conduire, et encore moins percer correctement un trou dans un mur. Que Dieu, quel qu'il soit, me garde d'aider mes amis.

« Merci, a dit Martha. On arrive dans la nuit de demain.

– Je serai là. Je m'occupe de tout. »

* * *

Un homme sifflait *Azzurro*. J'ai entendu le sifflotement qui venait du bistrot, se rapprochait. Un sifflotement sur pied. Pourtant, c'était impossible. Aucun destin ne pouvait se montrer si puéril. Assise à ma table, je bravais la tempête qui se préparait depuis le matin, je regardais la mer qui me paraissait chaque jour plus assassine, et je retenais mon souffle. Azzurro est arrivé près de moi, il sentait la sueur, et il a posé une bière devant moi.

C'était le barman Grigori, qui m'a fait un signe de tête.

« Il n'est même pas encore midi », ai-je dit. Je ne voulais pas être dégradée ici au rang d'alcoolique asociale, et je savais parfaitement qu'il n'y avait qu'un pas de l'ivrogne sociale à l'ivrogne asociale : l'heure au cadran. Ce n'était pas pour rien que je vivais plutôt la nuit, ça me laissait plus de temps pour l'alcool. Quand le diable y serait, voilà qu'on m'apportait une bière de bon matin.

« Tu vas en avoir besoin, a-t-il dit. Ton ami est à l'intérieur.

– Quel ami ?

– Le tournesol. »

C'était la première fois que je voyais sur le visage de Grigori l'ombre de la colère, une vraie colère.

« Si je pouvais, je te conseillerais de disparaître. Mais tu es du genre à ne pas vouloir de conseil. J'ai vu ça dès le premier jour, qu'on ne pouvait rien faire pour toi. Petite tête de bois », a-t-il dit, et il est retourné d'où il venait, *Azzurro* aux lèvres.

Je suis restée clouée à ma chaise. Tout était là : la peur, la colère, la joie, l'amour, la haine, et dans le même temps rien, sinon la bière, dont j'ai bu une gorgée prudente. Presque trente ans après, les premiers mots ne s'avéraient sans doute pas décisifs. Il n'y avait plus rien qu'on puisse faire correctement après une trop longue séparation. « Ne vaut-il mieux jamais que tard ? » ai-je à nouveau pensé. Mais à quoi bon les questions à présent, à quoi bon les doutes, quand nous n'étions plus qu'à vingt mètres l'un de l'autre ?

Je me suis levée, et je suis entrée dans le bar.

À gauche, un homme était assis près de la porte, avec une barbe en guise de visage, devant lui un sachet de pépites et un rakomelo fumant.

Je n'avais jamais imaginé quelle tête il aurait ni les sévices que lui infligeraient les décennies. Au lieu de prévoir que la vie l'anéantirait lui aussi, j'avais conservé son image intacte. Il avait disparu de mon horizon à quarante ans, l'âge que j'avais aujourd'hui, et il allait sur ses soixante-dix ans. Entre les deux, il y avait nos vies.

J'étais plantée au milieu de la salle, sans aucune protection, face à des cheveux blancs, à une peau flasque qui enveloppait son corps comme un pan de tristesse, à des yeux troubles qui le sont restés quand il a dit : « Tu n'as pas du tout changé. »

Qu'il puisse manier l'ironie, c'était complètement nouveau pour moi. Tout en lui me semblait inconnu, pire encore : je ne le reconnaissais pas. Il se tenait assis là, c'était lui et ce n'était pas lui. Ce corps sec à la barbe pouilleuse, l'odeur douceâtre et bon marché qui émanait de lui, et une suffisance qui plongeait la salle entière dans une atmosphère froide et tendue. J'aurais voulu me jeter sur lui et l'éventrer pour mettre la main sur ce qui m'avait manqué pendant des décennies.

Je me suis assise à sa table. Son regard replié sur lui-même à la « je ne veux plus rien voir » m'agaçait. Retrouver un être qu'on avait aimé et constater aussitôt qu'il avait disparu à l'intérieur de lui-même, perdu ou bousillé ce qu'on aimait en lui, c'était presque insupportable. J'ai descendu ma bière, il a pris une petite gorgée de son rakomelo. Par quoi fallait-il commencer, comment se lancer ? Je n'avais toujours pas dit un mot, et je me suis soudain rendu compte que tous les autres dans le bar se taisaient aussi. Le rideau s'était levé, et le silence régnait sur scène, pas un mot ne franchissait la rampe. Le public a commandé une salade grecque.

Ernesto s'est levé brusquement et, d'un mouvement de tête, m'a signifié de le suivre.

« Trop d'oreilles », a-t-il dit.

Nous nous sommes assis dehors à la table habituelle, le vent battait nos têtes.

« Je suis allée sur ta tombe. »

Son regard n'était pas pour moi, mais pour la mer quand, d'une voix à peine audible dans la tempête, il a demandé comment j'avais fait pour arriver jusqu'ici.

« J'ai rencontré ta sœur. Si j'ai bien compris son message, je ne dois pas te passer son bonjour.

– Elle a encore peur. »

Ernesto a bu son rakomelo d'une seule traite et claqué le verre sur la table. « Betty, a-t-il dit. Ça fait plaisir de te croiser, vraiment, je ne pensais pas avoir l'occasion de te revoir un jour, mais qu'est-ce que tu viens faire ici ?

– Tu m'as manqué », ai-je dit, et je me suis sentie comme un fou qui court après l'ombre d'un amour imaginaire.

Son visage amaigri n'a montré aucune réaction et, à la place, j'ai encore une fois eu droit à la question de l'état civil et, encore une fois, j'ai répondu que non, je n'étais pas mariée.

« Ce n'est pas ma faute, a-t-il dit, et il a recraché quelques pépites suçotées sur la table.

– Bien sûr que non, personne ne dit ça.

– J'ai connu beaucoup d'Allemandes, Betty. Elles avaient toutes quelque chose qui ne tournait pas rond. Pas toi, tu étais une gamine. Une gentille petite gamine. Mais les femmes ! Toujours à courir chez leur médecin pour parler, parler, parler. À la fin, tout et tout le monde est coupable, sauf elles. Et le soir, elles te parlent de ce dont elles ont parlé. Qu'est-ce qu'elles peuvent se lamenter, les Allemandes, *mamma mia !* Et tout ça, c'est la sécu qui paie ! Quel pays ! »

Sur ces mots, il s'est levé, et il est retourné dans le bistrot.

Quand il nous avait quittées, je n'étais plus une gamine, je ne m'étais jamais sentie comme telle à ses côtés. Un vrai connard, me suis-je dit. Étais-je simplement trop jeune à l'époque pour m'en apercevoir, ou en était-il devenu un par la suite ? Cela arrivait à des hommes très bien, de finir en connards. Parfois même dès le lendemain matin.

Il est revenu avec deux bouteilles de bière et deux verres d'ouzo. Il a posé devant moi l'une des bières et l'autre devant lui ainsi que les petits verres. Ses yeux commençaient à s'éclaircir. Ernesto se réveillait après avoir ingurgité sa boisson du matin.

« Je ne bois que le samedi, et aujourd'hui on est samedi. Ça, même toi, tu ne peux pas m'en empêcher.

– Et les autres jours, tu fais quoi ?

– Je suis dans une cellule, et j'essaie d'oublier. »

Je l'ai regardé d'un air interrogateur.

« Je ne sais pas, Betty. Tu ne peux pas surgir ici tout à coup et attendre je ne sais quoi de moi.

– Pourquoi est-ce que tu es parti ? Pourquoi est-ce que tu ne t'es jamais manifesté ?

– Je n'en sais rien.

– Mais moi, je veux savoir », ai-je dit, et j'ai pensé : Je ne bougerai pas d'un pouce avant de savoir ce qui s'est passé. Depuis le jour de sa disparition.

« C'est ça, on veut tout savoir, et, après, on n'est pas capable de faire face à la vérité.

– J'ai le temps.

– Il ne s'agit pas de temps, il s'agit de pardonner.

– Ça fait bien longtemps que j'ai pardonné, de toute façon je n'avais pas le choix, ai-je répliqué.

– Le silence, on ne te le pardonne jamais, Betty. On fait la paix avec, c'est tout, et on la fait seul, sans l'autre. On ne pardonne pas, on accepte. Et on peut accepter un paquet de merde, de la merde à profusion. Encore plus quand on commence à picoler. L'histoire, c'est que je t'ai accompagnée à l'école, et puis j'ai fait mes affaires, et je suis parti. Je n'ai pas attendu de toi que tu me pardonnes. Je n'avais pas d'autre option. »

Plus il parlait, et plus on croyait entendre le résumé d'un best-seller mondial. Une histoire qu'il aurait prise pour la sienne. Amour, crime, culpabilité, toujours un cran trop haut. Une légende, qui commençait dans sa jeunesse. Peut-être avait-il mis une distance telle entre sa vie et lui qu'il pouvait en dérouler le récit, son existence n'étant plus qu'une suite d'événements fantasmagoriques. L'histoire commençait à Bellegra, avec sa première petite amie Elena, que tout le monde appelait Elli sauf sa sœur qui, elle, l'avait toujours traitée de putain. Ils avaient été en couple pendant quelques années, le grand amour, comme il l'avait cru, jusqu'à ce qu'elle cède à un autre du village, un pauvre vantard, a dit Ernesto, le fils d'une famille très influente.

Il n'avait pas ressenti de colère, seulement de la tristesse. Il avait fait sa valise et disparu. Comme la plupart, il avait filé en Allemagne.

D'un bout à l'autre du pays, il jouait dans des orchestres, rencontrait partout des femmes qui lui couraient après, du moins à ce qu'il affirmait. Sa mélancolie et puis l'accent, a-t-il dit. Toutes, elles tombaient amoureuses du cliché, et chaque fois il partait avant que les choses ne deviennent sérieuses. Une époque malheureuse, c'est ainsi qu'il l'a décrite, il ne s'amusait même pas. Pendant dix ans, les scènes et les lits se sont succédé, et finalement, Baden-Baden. Un grand bal, lui dans l'orchestre, avec un smoking de location et, devant lui, Elli en robe rouge avec de l'or à ne plus savoir qu'en faire. Décorée comme un sapin, a dit Ernesto, avec le fric de monsieur. Le vantard à ses côtés avait bien engraissé, on voyait déjà de loin dans quelles eaux il naviguait. Un parrain minable, comme a dit Ernesto. Ce soir-là, ils n'ont pas échangé un mot, et, la nuit, il a perdu tout son argent au casino et décidé de recommencer à zéro. C'est comme ça qu'il a fait la connaissance de ma mère. Dans un bar de Hambourg, elle servait derrière le comptoir où il se saoulait.

« On aurait dit qu'elle attendait qu'on vienne la sauver, a dit Ernesto et, pour la première fois, il a ri. Elle y croyait. Qu'on pouvait être sauvé. Dans un bar en plus ! Une femme adorable, ta mère, romantique, mais un peu niaise. »

Sur ces mots, il s'est levé et m'a plantée là une fois de plus. L'homme qui m'avait manqué toute ma vie était un étranger qui disparaissait dans un bistrot. Je regardais la chaise vide en face de moi, les coquilles recrachées, l'horizon qui s'obscurcissait comme si le ciel projetait une ombre infinie.

Jamais auparavant je n'avais ressenti une envie si forte de défendre ma mère, de la protéger du reste du monde malade. Les rapports semblaient s'inverser, et ce qu'elle n'avait jamais pu me donner, étrangement je le lui devais à présent. Sa prétendue niaiserie n'était rien d'autre qu'un manque d'assurance, depuis toujours. D'où serait-elle d'ailleurs venue, cette assurance ? A priori, on n'avait pas grand-chose en nous au départ, tout se mettait en place peu à peu, et, dans ce processus, on pouvait avoir de la chance, ou pas du tout. Quand on manquait de chance, d'ordinaire, on développait surtout une volonté tenace de ne pas sombrer, et parfois cette volonté non plus ne résistait pas, parfois les circonstances triomphaient.

« Pas assez niaise en tout cas pour ne pas savoir ce qu'elle voulait », ai-je dit quand Ernesto est revenu à notre table avec le même assortiment.

Sur ce point, il me donnait raison. Elle avait une sacrée volonté, selon lui, sauf que ses capacités généralement ne suivaient pas.

« Tout la décevait toujours, a-t-il dit. Elle était toujours vexée, ta mère. Cette tête en permanence ! Toi, tu rigolais, et tu la singeais. »

Je ne m'en souvenais pas. Mais cette histoire n'était pas non plus la mienne.

Quelques années plus tard, Elli avait pris contact avec lui. Ils se voyaient en secret dans les villes où le menaient ses tournées. Je me suis représenté des chambres d'hôtel miteuses, toilettes sur le palier et amiante dans les murs. Sa vie n'avait jamais été glamour, elle ne l'était pas non plus devenue avec l'apparition d'une femme mariée à un homme riche. Il s'est remis à parler de l'or. À eux seuls, les bijoux d'Elli valaient apparemment le coup qu'on se fasse la malle avec elle.

Il racontait sa légende comme à une inconnue dans un bar. Je reconnaissais les sentiers battus, la routine de chaque plaisanterie, les ornements de l'imagination. J'avais déjà entendu trop d'histoires de ce genre. Derrière chaque cliché se cachaient un silence, une vérité transfigurée, même si l'on donnait l'impression de divulguer son moi profond. Le moi profond se résumait en somme à une histoire de plus, ai-je pensé à ce moment, une histoire réduite à une pitoyable anecdote.

Quand le mari d'Elli a eu vent de la liaison, il ne leur est plus resté que la fuite. L'autre, selon Ernesto, ne se souciait pas d'amour, mais de son honneur. Et l'honneur, chez les hommes, n'engendrait que la cruauté.

« Ici, il n'y avait même pas d'embarcadère, a dit Ernesto. Les derniers mètres jusqu'à l'île, on les a faits en chaloupe. Un endroit sans rien ni personne. C'était parfait. »

Nous avons regardé la mer, jusqu'au port, jusqu'à la petite jetée en béton. À ce moment, j'ai remarqué que la tempête s'était calmée et que le ciel se dégageait peu à peu.

« J'étais désolé pour toi. Mais je ne pouvais pas faire autrement. »

Il a effleuré ma main, en disant qu'il était encore jeune à l'époque. La pire des excuses. Sans compter qu'il avait alors quarante ans, ce que je lui ai signalé.

« Quarante ans, c'est jeune, a-t-il affirmé. Mais on ne le sait qu'à soixante-dix. »

Je ne voyais moi aussi la jeunesse que dans le rétroviseur, mais surtout, je me sentais déjà trop faible maintenant pour affronter les bravades du vieillissement.

« Je ne pouvais pas me manifester, a-t-il poursuivi. Je ne pouvais faire confiance à personne. Quant à ta mère, enfin, tu sais bien, elle est comme elle est. »

Je n'aurais pas dû hocher la tête à ce moment, et pourtant je l'ai fait.

Un sentiment ancien qui me liait à lui est soudain remonté à la surface, un sentiment dont j'avais honte à présent, le sentiment rassurant de ne pas être seule avec ma mère.

« On était heureux ici. On se disait que rien ne pouvait nous arriver. Mais son mari n'a jamais cessé de nous traquer. Elli devait le savoir, elle sursautait au moindre bruit. Je ne sais même pas si elle a dormi une seule fois une nuit complète. Et puis c'est arrivé un matin, en pleine semaine. On n'a même pas frappé, quelqu'un est entré dans la maison. Nous n'avions jamais vu cet homme. »

Ernesto s'est levé et a avancé de quelques pas vers la mer. L'espace d'un instant, j'ai imaginé qu'il entrerait dans l'eau, s'enfoncerait toujours plus profondément, jusqu'à ce qu'on ne voie plus rien de lui, jusqu'à ce qu'il sombre en silence, j'ai imaginé qu'il ne reviendrait jamais. Je ne l'aurais pas retenu, je lui aurais épargné le sauvetage. Mais il s'est contenté de rester sur la rive les bras ballants, la tête basse. Le peu qu'il restait de lui. Ce corps dans la chaleur duquel je m'étais blottie passionnément avait disparu.

Il est revenu, il a pris une poignée de pépites et est resté assis à mâchonner, avant de raconter la fin, le finale, qui commençait par une arme pointée sur sa tempe. Dans une histoire pareille, il fallait une arme.

Elli devait s'habiller et venir avec lui, rentrer à la maison, c'est ce que le type a dit. Mais Elli a refusé, elle a complètement perdu les pédales, elle s'est jetée sur lui.

« C'était un accident, a dit Ernesto avec un hochement de tête dramatique. Elle est morte sur le coup. » Et Ernesto avait alors fait ce qu'il savait le mieux : s'enfuir. « Si j'avais eu tous mes esprits à ce moment-là, je me serais arrangé pour y passer aussi. »

Il n'avait jamais su comment on avait transporté Elli morte jusqu'en Italie. Il savait en revanche que ce n'était pas elle qui aurait dû mourir, mais lui, lui dont la tête avait été mise à prix, et qu'après cette malencontreuse erreur, on avait retouché la vérité. On avait emmené à Bellegra le corps d'Elli avec les papiers d'Ernesto. Il avait été officiellement déclaré mort dans son village natal, identifié par sa sœur, et enterré. Il se demandait encore comment elle était parvenue à arranger ça. Elle avait toujours été capable de tout, elle avait son nez partout, mais la raison qui l'avait poussée à confirmer son décès – était-ce l'espoir de le garder en vie ou, plus vraisemblablement, la volonté de mettre un terme aux animosités et aux rumeurs à Bellegra ? – restait pour lui un mystère.

Depuis, il était coincé ici, clandestin, sans papiers, mort et pourtant en vie. Le pire, c'était ça, disait-il, cette vie qui n'en finissait pas. Le remords qui ne cessait jamais.

« Tout le monde ici me tient pour responsable de sa mort, mais personne ne veut rien savoir. Ils se taisent, et je me tais aussi. Ces gens-là te laissent mourir de faim parmi eux. »

Il a regardé les bouteilles et les verres vides devant nous.

« Et de soif aussi. Dix ans qu'on ne me sert pas, mais ici au moins, je peux piocher dans le frigo, et Grigori me fait chauffer mon rakomelo. L'Albanais. Encore un paumé. »

Il s'est levé pour disparaître encore une fois à l'intérieur. Il reviendrait bientôt avec d'autres bouteilles. Sa vie était dite, le soleil à son zénith, encore une bière et je sombrerais sur ma chaise comme un Suédois.

Qu'est-ce que c'était que cette histoire ? Qui pouvait bien inventer un truc pareil ? Clodos ou cinglés, depuis toujours les bons à rien me savaient à l'écoute, je les attirais, et ils me collaient à la peau, les perdus comme leurs histoires. Ce coup-ci, pourtant, c'était différent. Ce n'était pas Ernesto qui était venu me chercher, mais l'inverse. Je lui avais couru après, j'avais mis tant d'ardeur désespérée à le trouver, jusqu'à le trouver en d'autres hommes. On m'avait abandonnée, j'avais souffert comme un chien, et, intérieurement, je n'avais toujours souhaité que son bonheur. Mon amour ne connaissait pas la vengeance. Mais ça n'avait pas suffi. Je n'avais même pas besoin de croire à son histoire pour voir que côté bonheur, il faudrait qu'il repasse.

Ernesto est revenu, deux bières à la main, et il a voulu trinquer à Dieu. Rien de moins. J'ai refusé, jamais dans ma vie je n'avais bu à la santé de Dieu, et je me sentais idiote. Penché par-dessus la table, il a collé sa bouteille contre la mienne, tangué et dit : « Sans Dieu je serais perdu. »

Tu parles d'un dieu ! ai-je pensé. Ou bien l'ai-je dit à voix haute ? Il a ri d'un étrange rire sec.

« Tu peux imaginer ça ? Que moi, justement, je sois sauvé par Dieu ?

– Non, ai-je dit. Je ne peux vraiment pas imaginer.

– Alors : à Dieu ! »

On a trinqué – après tout, si on voulait se saouler tranquille, il ne fallait pas se disputer sur les toasts à porter –, et j'ai dû prononcer ces mots aussi fort et distinctement que j'en étais encore capable : « À Dieu ! »

Ça a semblé l'apaiser, et il a souri.

« Mais dans cette histoire, ai-je demandé, où est Dieu ?

– J'habite chez lui, a répondu Ernesto, et il a pris une grosse goulée de bière. Je suis un peu le concierge là-bas. On me donne à manger. Le gîte et le couvert, comme on dit. »

Au monastère, on ne l'avait pas rejeté, à ce qu'il a raconté. Après la mort d'Elli, on lui avait claqué la porte au nez partout ailleurs. Le restaurant où il travaillait avait embauché un nouveau cuisinier, on ne lui avait plus servi de bière dans les bars. Le premier été, il avait survécu dans une baie à l'écart, et quand l'automne était arrivé avec ses premières tempêtes, il était monté voir les moines et leur avait demandé asile.

« Ce sont des gars bien, a-t-il dit. Et leur ouzo est bon, ça n'enlève rien au reste. »

Encore une option pour disparaître : Dieu comme dernier recours. L'existence avait son éventail de fuites, et Ernesto les avait apparemment expérimentées les unes après les autres.

J'étais épuisée, par la bière, par son histoire, par le constat que je n'y figurais pas, que je n'étais qu'un personnage secondaire entre deux portes. Il n'a pas demandé comment j'allais, n'a pas cherché à savoir ce que le temps avait fait de moi, même pas par politesse. De toute façon, qu'est-ce que j'aurais pu raconter ? Je n'étais ni un conte de fées ni un drame.

« Tu restes combien de temps ? » a-t-il demandé, et j'aurais bien aimé dire que j'étais sur le départ, que j'étais passée en coup de vent pour dire bonjour avant de reprendre le ferry, pour récupérer des réponses qui ne me serviraient à rien, et qu'à présent je devais vraiment y aller, vraiment tout de suite. Mais ce n'était pas le cas.

En vérité, je n'avais aucune idée du temps que j'allais rester. Martha et Kurt seraient là dans quelques heures, j'étais coincée ici.

« Des amis arrivent cette nuit », ai-je donc dit.

Ernesto a opiné de la tête.

« Je sais ce que tu aimerais entendre. Mais je ne peux pas te donner ce dont tu as besoin.

– Et j'ai besoin de quoi ? ai-je demandé.

– D'amour », a-t-il répondu, et il s'est levé, s'est éloigné d'un pas traînard vers sa moto, garée plus bas sur la promenade.

Je me suis dit qu'il regretterait bientôt cette phrase, parce qu'à nouveau, assise comme ça, après cette phrase, j'étais une gamine, une gamine ivre, oubliée, vers laquelle on se devait de revenir.

J'ai entendu derrière moi une voiture s'arrêter, une voix familière qui lançait par la vitre ouverte : « Je te ramène à la maison. »

J'ai rassemblé mes dernières forces pour me lever, et j'ai grimpé dans la voiture de Yannis.

« Tu ressembles à quelqu'un qui a perdu une bataille, a-t-il dit en riant. Contre la bière et le soleil.

– Il faut que je m'allonge. »

Je n'ai pas réussi à en dire plus. J'avais ma dose, et ce n'était ni l'alcool ni le soleil.

« Vous autres, touristes, vous êtes des gens bizarres », a observé Yannis, et il s'est mis à siffler un petit air, la plus célèbre comptine grecque, à ce qu'il a dit. Celle qu'on chantait aux enfants pour les bercer.

* * *

Je me suis réveillée dans une obscurité totale, on frappait à la porte en appelant un nom, le mien. Je m'étais endormie tout habillée, écroulée telle quelle. Je suis allée ouvrir, et j'ai trouvé Yannis sur le seuil, avec sa pancarte : « Il faut qu'on y aille. »

Visite éclair à la salle de bains, un peu d'eau sur le visage, du dentifrice sur le doigt, frotter, rincer. Une nuit aussi pouvait être un nouveau jour, rien n'avait encore touché à sa fin, la fin était toujours devant nous.

Le ferry accosterait d'un moment à l'autre, nous l'apercevions déjà de la terrasse. Un colosse scintillant qui naviguait vers le port et le réduirait en miettes s'il ne freinait pas son allure.

Nous avons sauté dans la voiture, parcouru la route dans un calme fantomatique. Les bistrots étaient illuminés, mais déserts, seul le Suédois de circonstance se cramponnait à sa chaise. Le port, en revanche, fourmillait de voitures, de gens, de pancartes. Des bribes de flûte venues des entrailles du bateau parvenaient jusqu'à la terre ferme, où les cloches de l'église sonnaient. Je ne les avais jamais entendues auparavant, je ne les entendais peut-être que maintenant parce que je pensais au concierge de Dieu. Mais elles sonnaient de plus en plus fort, de plus en plus vite, un carillon euphorique, et près de nous, des feux d'artifice se sont envolés vers le ciel. Une débauche de couleurs a explosé au-dessus de la mer tandis que le ferry faisait cap sur l'embarcadère.

« C'est quoi, tout ça ? ai-je demandé à Yannis, presque angoissée par ce branle-bas général, alors qu'il avait l'air ravi. Qui est sur ce bateau ? »

Yannis a ri, il a ri de moi et dit : « *Christós anésti.*

– Qui ça ? » ai-je demandé, et j'ai alors entendu la même chose de tous côtés : « *Christós anésti !* » se lançaient-ils les uns les autres, et Yannis, de joie, m'a serrée dans ses bras.

« Christ est ressuscité ! » Moi qui ne comprenais toujours rien, il devait me prendre pour la femme la plus bête qu'il ait jamais eue dans son lit. En tout cas, la plus athée. La célébration de la Pâque orthodoxe venait de s'ouvrir, le jeûne était terminé, la fête commençait, et la rampe du ferry s'est abattue avec fracas sur le béton.

Typique, ai-je pensé, Martha et son penchant pour les apparitions dramatiques. Elle a été la dernière à descendre du ferry avec Kurt, il avait passé son bras autour de ses épaules et elle autour de sa taille, le soutenant à chaque pas. Kurt était blanc comme un linge, il tenait à peine debout. J'ai couru à leur rencontre et, au lieu de me saluer, Kurt m'a vomi sur les pieds. Le peu qu'il lui restait encore dans l'estomac après la traversée, sans doute. Tandis que Martha lui tamponnait les lèvres, il semblait avoir du mal à croire qu'il avait survécu au voyage. Il avait survécu à tant de choses ces derniers temps, il avait transformé sa vie en une survie fervente et, malgré son allure, malgré la peur, malgré la pitié, j'éprouvais à le revoir une vraie joie, plus émouvante que je ne l'aurais cru. Je l'ai serré si fort contre moi que je lui ai presque coupé la respiration.

« Oui, a-t-il gémi, moi aussi, je suis content. »

* * *

Nous n'avions pas pu refuser. La table était dressée pour six personnes. Elle ployait sous la soupe, les pâtisseries et des œufs colorés en rouge. La mère de Yannis, que je n'avais vue jusque-là que de loin, nous a enlacés l'un après l'autre. Il n'était pas encore né, celui qui pourrait lutter contre cette hospitalité. Une hospitalité pareille vous faisait prendre en horreur le plus bel endroit du monde. On n'y échappait pas, on chantait ses louanges au retour, mais en vérité, on en bavait. Il y avait une chose que j'appréciais secrètement en Allemagne : personne dans ce pays ne m'avait jamais forcée à venir dîner, les gens avaient l'air prêts à m'abandonner à mon destin.

Kurt s'est assis le premier, il s'est laissé glisser sur la chaise, peut-être en pensant lui aussi qu'il valait mieux mourir que passer pour impoli.

Une fois tout le monde installé, Yannis est allé chercher son père. Je le voyais pour la première fois, cet homme qui paraissait trop jeune pour son état, dont le corps racontait encore qu'il avait construit cette maison de ses propres mains. Yannis a poussé le fauteuil roulant et la bouteille d'oxygène à côté de Kurt, et les deux hommes, scellant une entente réciproque sur leurs insuffisances, ont eu l'un pour l'autre un signe de tête qui m'a davantage réjouie qu'émue. Combien d'années d'amitié fallait-il, combien de nuits passées ensemble à boire ou à s'aimer, combien de jours à se disputer ou à se taire avant de s'avouer qu'on était abîmés ? On s'y attardait si peu, on y renonçait si vite, aussitôt convaincus qu'on serait rejetés, incompris, mal aimés. Tout nous apparaissait si rapidement trop difficile et trop compliqué. L'âge rendait enfin les plaies visibles, et il suffisait d'un hochement de tête pour les accepter.

La mère de Yannis a rempli les assiettes de soupe. Une soupe qui rappelait des vomissures, et dès lors qu'on avait eu cette pensée méchante, l'odeur suivait.

« *Magiritsa*, a dit Yannis. La soupe qui rompt le jeûne. »

Si j'avais jeûné, je me serais peut-être moi aussi jetée dessus comme sa mère, mais elle était apparemment la seule croyante de la tablée.

Le père de Yannis a aspiré une bouffée d'oxygène avant de boire un peu du contenu de son assiette, et Kurt ne remplissait lui aussi qu'avec prudence son estomac creux.

Quand Yannis nous a expliqué la recette, Martha a failli tourner de l'œil.

« De l'agneau, la tête et les abats, le foie, les gésiers, le cœur, la langue, les poumons, avec beaucoup d'aneth, beaucoup d'ail, beaucoup de citron. Ce qui reste des abats, on l'enveloppe le lendemain dans la crépine, on ficelle avec du boyau, on enroule et on fait griller sur le feu, on appelle ça : *kokoretsi*. »

Il a rempli nos verres à ras bord en riant. Il avait bien mérité ça, selon lui, le jeûne avait été dur, une semaine sans Facebook – mais cet aveu n'a fait sourire que lui, et surtout pas sa mère, qui a préféré se tourner vers moi, avec ce regard caractéristique des mères au moment des présentations. Sous la sympathie, il cachait une implacable inquisition dont je ne pouvais ni ne voulais sortir gagnante.

Elle m'a demandé si j'étais mariée.

Je ne sais pas si c'était à cause de l'âge, du Sud ou bien de Jésus. Quoi qu'il en soit la question commençait à me peser, et j'allais éluder quand Kurt a soudain poussé un cri si animal que tout le monde a sursauté. Martha s'est levée d'un bond pour lui taper dans le dos, désemparée, tandis qu'il agitait les bras dans tous les sens, arrachant finalement le masque à oxygène du père de Yannis. Il a inhalé plusieurs fois profondément, puis il s'est calmé. Ensuite, il a rendu le masque à son propriétaire en souriant, a remercié avec une inclinaison raide du buste et dit : « Très bon. Délicieux, cet air. »

Les deux hommes ont à nouveau hoché la tête et, à compter de ce moment, ils ont inhalé tour à tour. Une fumette de vieillards. Assis côte à côte, en frères, ils contemplaient la mer tandis que la soupe refroidissait devant eux. Ils semblaient plus heureux que nous autres.

J'ai regardé Martha, qui avait l'œil gauche humide. Ses pleurs d'épuisement réprimés ne jailliraient que dans les jours ou les semaines à venir. Elle se tenait la bride haute, comme toujours, serrait si fort qu'elle s'étranglait presque. Le trajet jusqu'ici avait dû tourner au cauchemar. Je ne savais pas pourquoi Kurt s'infligeait un tel supplice, ni quelle euphorie, quelle exubérance l'habitaient juste avant la fin.

La mère de Yannis a remis un œuf rouge à chacun de nous et brandi le sien. Nous devions trinquer avec nos œufs durs. Celui dont l'œuf resterait intact aurait droit au bonheur pour une année.

Nous avons entrechoqué nos œufs au-dessus de la table – bruit sourd de la coquille qui casse. Un seul est resté intact, celui de Kurt. C'était le destin, cynique ou très vrai. Quand j'ai écalé mon œuf et mordu dedans, j'ai vu que l'intérieur était d'un vert grisâtre.

* * *

La nuit s'était écoulée sans sommeil. J'avais froissé et trempé de sueur les draps, je m'étais levée et recouchée, j'avais fait les cent pas, avec cette palpitation récurrente sur la rétine, je n'y voyais plus rien, ma tête était une cellule aux murs aussi épais que les années. Les derniers jours m'avaient dépouillée de mon enfance, je me sentais vieille tout à coup. Comme si on avait dynamité ce qui me cimentait jusque-là. Voilà donc où on voulait en venir quand on conseillait de laisser les morts en paix. L'histoire qui était la nôtre implosait, le moi qu'on s'était construit brique à brique s'effondrait. J'ai tapé dans l'oreiller jusqu'à ce que le soleil se lève, puis j'ai préparé du café, et je suis allée sur la terrasse. La mer était lisse comme du verre.

Martha est arrivée de la chambre voisine, la veille elle s'était endormie sur sa chaise, d'un sommeil si soudain et profond que personne n'avait osé la réveiller. Yannis l'avait portée dans son lit, je l'avais bordée et lui avais caressé les cheveux, une première.

Nous avons contemplé la baie, comme des jours auparavant la vallée. Plusieurs années semblaient s'être écoulées depuis.

« Où qu'on soit, a dit Martha, la vue est toujours parfaite. »

Je suis allée lui chercher un café, ni l'une ni l'autre n'étions du genre à bavarder au petit matin, et je n'aurais de toute façon pas su par où commencer.

« Comment va-t-il ? ai-je demandé après la première tasse.

– Il dort. Et il siffle. Comme s'il avait des trous partout et que le vent s'engouffrait dedans. On croirait entendre une maison délabrée.

– Mais pourquoi est-ce que vous êtes venus jusqu'ici ?

– Tu aurais dû le voir. Il était tellement gaillard, il ne tenait plus en place. Et Francesca qui me dit : "Débrouille-toi pour qu'il parte." Lui non plus, il ne voulait pas rester une minute de plus chez elle. Je ne sais pas si c'était une bonne idée, ces retrouvailles, au fond. Rien que du romantisme vain. »

Quelle angoisse, si ça ne s'arrêtait jamais, ai-je pensé. S'il restait toujours quelqu'un qu'on veuille revoir une dernière fois, si à deux doigts de la mort, on en était toujours à espérer.

« Et puis il n'arrêtait pas de parler de toi : "Où est Betty, qu'est-ce qu'elle fait, pourquoi elle n'est pas là ?"

– Quand je pense que je lui ai flingué sa voiture.

– Il croit qu'on nous l'a volée.

– Pourquoi est-ce que tu lui as raconté ça ?

– Parce que c'est plus facile d'être une victime que d'être minable. Pour lui, les choses sont simples : ce sont les autres, les coupables. Les femmes, les amis, les chefs, les criminels, peu importe. L'essentiel, c'est qu'il y ait un coupable.

– J'aimerais bien être comme ça, voir le monde de cette façon. »

Martha a laissé fuser un soupir sans fin.

« Dis donc, c'était quoi, ce vin, hier soir ?

– J'ai des cachets contre les maux de tête dans mon sac », ai-je dit en montrant la porte de ma chambre.

Martha s'est levée et a disparu pendant un long moment. Je me disais qu'elle avait dû se rendormir, quand elle est revenue sur la terrasse, comme métamorphosée, plutôt à son désavantage. Des rides verticales entre les sourcils, la commissure des lèvres tremblante. Je l'ai interrogée du regard et, très calmement, elle a posé un objet sur la table entre nous.

« Qu'est-ce que c'est que ça ?

– Ça, ai-je dit sans baisser les yeux, c'est un Beretta neuf millimètres.

– Et tu sors ça d'où ? Tu te balades avec ce truc maintenant ? Paraît que ça se fait. À la place du rimmel, un pistolet dans le sac. Tous les goûts sont dans la nature, chez les femmes aussi, il faut de tout. Ou alors à la place des antidépresseurs. C'est même assez logique, quand on y pense.

– Je l'ai trouvé », ai-je dit aussi sereinement que possible. Les conversations qui se déroulaient autour d'un pistolet posé sur la table devaient être menées avec le plus grand calme. Même entre meilleures amies, ou surtout entre meilleures amies.

« Et ça se trouve où, ce genre de choses ?

– Je l'ai trouvé devant la maison d'Ernesto. Je n'ai pas pu m'empêcher de le prendre. C'était la seule chose que je pouvais emporter.

– Tu aurais pu emporter un putain de caillou ! Ou une poignée de sable.

– Mais ça n'aurait pas du tout été pareil. »

Je voulais dire : chargé de sens. Emporter quelque chose qui avait du sens ou qui n'en avait pas, ça faisait une différence. Quelque chose qui avait son sens propre, qui n'était pas seulement chargé de la signification qu'on lui donnait, gonflé à bloc par notre sentimentalité. J'avais eu cette phase-là aussi, à remplir de sable exotique des bouteilles de rhum vidées par mes soins, que j'exposais sur une étagère. Aucune efficacité, je le savais maintenant, juste du kitsch.

« Évidemment que ça n'aurait pas du tout été pareil, m'a lancé Martha. Ça aurait juste été normal !

– Je n'ai pas l'intention de l'utiliser, d'accord ? Je l'ai simplement emporté, c'est tout. »

Un sifflement a soudain retenti sur la terrasse, un sifflement terrible, ou plutôt terrifiant.

« Mais qu'est-ce que vous avez à crier comme ça, les filles ? »

Dans un pyjama délavé, Kurt a fait son apparition sur la terrasse.

J'ai attrapé le pistolet à la hâte et laissé Martha répondre. Après tout, c'est elle qui avait commencé à crier.

« Rien, a-t-elle dit. On parle du nouveau copain de Betty.

– Ah, rien n'a changé, a dit Kurt. Les femmes continuent à parler des hommes. Une perte de temps, je vous dis. Nous n'en valons pas la peine. »

J'ai approuvé de la tête, le pistolet coincé entre mes genoux, sous la table. Derrière moi, des pas se sont approchés, et je me suis penchée encore en avant, j'enlaçais presque les pieds de la table.

« Vous sentez ? s'est exclamé Yannis. Ce parfum ! Fantastique. Ils font rôtir l'agneau depuis des heures, en bas. À la broche, tout doucement, à petit feu. Vous allez voir, vous n'avez jamais rien mangé d'aussi bon. Je vous le promets. C'est la résurrection ! »

* * *

Pas d'inquiétude à avoir, a affirmé Kurt, il voulait simplement s'asseoir un petit moment au bord de l'eau, mais nous n'avions qu'à sortir en mer sans lui, c'était la meilleure chose à faire, et puis Martha avait quand même besoin d'une pause, elle s'occupait de lui tout le temps, une offre pareille, ça ne se refusait pas. Lui, c'était différent, il ne comptait pas remonter sur un bateau de toute sa vie, il n'y survivrait pas une seconde fois. Sans rancune.

Yannis l'a déposé au bistrot, et nous avons continué notre route jusqu'au port. Martha a alors compris que nous étions coincées ici. Son père, vissé sur une île, ne remettrait plus jamais le pied sur un bateau. Nous étions prisonnières d'une dernière volonté qui n'était pas la nôtre, et c'était plus de responsabilité qu'elle ne pouvait en supporter.

Où était l'hôpital le plus proche, c'était sa préoccupation, et quand Yannis a dit qu'il se trouvait à trois îles de là, à environ une heure et demie en ferry, elle a poussé un petit gémissement.

« Et le médecin le plus proche ? a-t-elle demandé.

– Au même endroit », a dit Yannis.

Martha ne voulait pas croire qu'ils n'aient pas de médecin sur place. Ce n'était quand même pas possible, il devait bien y avoir un médecin, au moins un. Mais Yannis a secoué la tête.

« Il y a un hôpital sur l'île, a-t-il dit, mais sans instruments et sans médecin. Seulement une infirmière, de l'aspirine et des pansements. Le projet a été stoppé il y a trois ans, comme tout le reste en Grèce. Ici, si tu as un accident, tu meurs. »

Nous savions que l'accident s'était déjà produit depuis longtemps, et Kurt le savait aussi. J'espérais presque qu'il ne se rende plus vraiment compte de ce qu'il imposait à sa fille.

Martha a posé sa tête sur mon épaule et n'a plus dit un mot. Comme une enfant, elle s'était pliée à sa volonté. Rien de cela n'était sensé, mais tout était compréhensible. Nous sommes descendus de la voiture pour embarquer sur un petit bateau en bois. D'un geste vif, Yannis a démarré le moteur hors-bord. Nous avons quitté l'île, et je n'aurais pas cru en éprouver un sentiment aussi libérateur. Nous avons poussé un soupir au même moment, un souffle de soulagement unanime. « Juste un petit tour, avait-il dit. Ça vous fera du bien. Loin des vieux messieurs pour une fois. »

Yannis longeait des criques isolées et, la tête rejetée en arrière, Martha et moi tentions de profiter des effets tranquillisants de la beauté alentour. Une tentative maladroite de ne penser à rien, mais nous étions mal entraînées, nous n'avions même jamais commencé.

Brusquement, Yannis a coupé le moteur et s'est mis à se déshabiller, l'air ni voluptueux ni même aguicheur, mais plutôt à la hâte, avec des gestes gauches.

« Désolé, a-t-il dit. J'ai besoin de pisser. » Et il a sauté dans la mer.

Quelques secondes plus tard, Martha s'est penchée de l'autre côté et a vomi dans l'eau.

« Il n'est quand même pas si horrible, ai-je dit quand elle a relevé la tête.

– Je crois que je suis enceinte », a dit Martha.

Je l'avais entendue prononcer cette phrase si souvent qu'elle avait perdu toute crédibilité.

« Je me sens toute bizarre depuis un bon moment, a-t-elle repris.

– Tu n'es pas enceinte, c'est juste que ça fait un peu beaucoup, tout ça, ai-je dit pour la tranquilliser alors qu'elle ne demandait pas à l'être.

– Si, je crois que je suis enceinte.

– Mais de qui ?

– Comment ça, de qui ?

– Le prochain essai n'est que dans deux semaines », ai-je fait remarquer. L'année précédente, j'avais enfin appris à retenir ses rendez-vous chez le médecin : en les notant secrètement. Mon calendrier était bourré de rendez-vous, d'anniversaires, d'événements auxquels je tentais de m'intéresser pour ne pas perdre en plus mes derniers amis.

« Crois-le si tu veux, mais il nous arrive aussi de coucher ensemble, Henning et moi. Simplement comme ça, sans la moindre intention, sans espoir, a dit Martha.

– Je suis désolée, je ne savais pas.

– Je ne vois pas pourquoi tu devrais être désolée.

– Non, à cause de ma question, je suis désolée. Je ne voulais pas…

– Bien sûr que non, a-t-elle dit en rejetant à nouveau la tête en arrière. Punaise, ce que je me sens bizarre. J'aimerais bien revenir sur la terre ferme, en fait. Ça ne me réussit pas, tout ça. »

Nous étions assises face à face, car je n'aurais pas pu passer de son côté et la prendre dans mes bras sans risquer de nous faire chavirer. Nous nous regardions donc simplement et tentions de maintenir l'équilibre. Martha paraissait fatiguée, vannée.

« Pourquoi personne ne veut jamais que je le sauve ? a-t-elle demandé.

– Parce que tout le monde ne veut pas être sauvé, ai-je dit. Il ne nous reste qu'une chose à faire, ne pas leur en vouloir. Surtout pas à Kurt. »

Elle a opiné du chef.

« Et Ernesto ? Tu l'as vraiment trouvé ? »

Il n'y avait pas de réponse convenable à cette question, il était ici, mais ce n'était pas l'Ernesto que j'avais cherché.

« Oui, ai-je dit. D'une certaine manière, oui. Nous avons picolé ensemble hier. »

Martha n'en revenait pas qu'il soit réellement en vie et que je n'aie pas eu de meilleure idée que de picoler avec lui.

« Je crois que le policier avait raison, en Italie, ai-je dit. Sur toute la ligne, même. »

Je regardais la mer hérissée de vaguelettes innocentes et, à ce moment-là, j'ai remarqué que Yannis n'était visible nulle part. J'ai hurlé son nom et n'ai reçu ni retour ni écho. Nous nous tenions debout sur un bateau de deux mètres sur quatre, et nous ne pouvions même pas nous mettre à courir dans la panique, nous étions rivées sur place, scrutant la surface de l'eau.

« Qu'est-ce que tu fais ? a demandé Martha quand j'ai commencé à me déshabiller.

– Qu'est-ce que tu veux que je fasse ? D'abord m'en griller une ? »

Comment pouvait-on se noyer dans ces eaux ? me suis-je demandé. Comment pouvait-on disparaître en allant pisser ? C'était quoi, ce film d'horreur ? Comment expliquerais-je ça à ses parents ?

Quand j'ai finalement réussi à ôter tous mes vêtements, un crâne presque complètement dégarni est apparu à la surface de l'eau, suivi d'un bras. Et pour conclure, son sourire narquois, que je lui aurais bien fait passer en quelques gifles.

Yannis est remonté sur le bateau et nous a tendu sa main droite.

« Je vous ai pêché des coquillages. »

* * *

Le village entier sentait l'agneau rôti. Les broches tournaient devant chaque restaurant, les enfants se poursuivaient dans les rues, un tumulte joyeux de familles, de couples, d'amis, d'inconnus. Kurt n'était plus seul quand nous sommes revenus au bistrot. Il jouait au backgammon, du jamais-vu selon Martha. Elle ne se rappelait que les soirées avinées à jouer au skat sur l'ensemble canapé et fauteuils, qui sentait encore le neuf à l'époque. En voyant son partenaire de jeu, je n'ai pas été surprise. C'était le hasard ou le destin, je ne faisais aucune différence, les choses suivaient leur cours, voilà tout.

Nous nous sommes assis à leur table, j'ai commencé les présentations, Ernesto s'est contenté de hocher la tête en silence, et il a joué son tour. Sans un mot, j'observais les pères en train de jouer. Je n'arrivais pas à regarder Yannis en face ni Martha. Les sentir si près de mon histoire me mettait mal à l'aise. Une proximité trop grande, voyeuriste, comme si quelqu'un se penchait sur mon passé purulent, sur une souffrance aussi indivisible qu'indicible. S'il m'arrivait parfois de m'en repaître dans mon coin, j'avais honte devant Martha et même devant Yannis – honte que cette souffrance prenne sous leurs yeux les traits d'un sale con esseulé, assis au bord de la mer Égée.

J'ai béni l'effervescence qui s'est déchaînée quand on nous a servi des quantités décadentes de viande, suivies de riz, de pommes de terre, de frites et de vin dans des pichets en métal. Un festin s'annonçait, et j'étais décidée à le célébrer jusqu'à la dernière goutte, jusqu'au dernier os et au dernier mot, comme si ce moment marquait l'apogée en même temps que la fin de l'histoire.

Autour de nous, on s'embrassait, on s'enlaçait, on chantait, chocs des verres, « *yamas !* » et « *Christós anésti* » à qui mieux mieux. Pour une journée, tout le monde avait droit à la rédemption. Kurt souriait à sa fille, et quand on souriait comme ça, il n'y avait rien à dire d'autre. J'ai vu Martha rougir, la confusion lui ramper sous la peau. Il la regardait avec tant d'amour, comme si elle venait de naître.

Devant la scène, tous, nous avons détourné les yeux, nous ne voulions pas déranger, nous avons reporté notre intérêt sur l'agneau, prêts à le dévorer. Chez nous, autrefois, c'est Ernesto qui cuisinait la viande. Rarement un steak, jamais du filet, mais les entrailles, la panse, la langue, la cervelle, qu'il faisait mijoter et revenir, des boyaux tressés qu'il mettait à griller sur le barbecue. J'avais six ans et je raffolais des abats. Depuis sa disparition, je n'en avais plus jamais mangé, jusqu'à hier. La vérité, c'est que j'aurais mangé n'importe quoi pour lui plaire. J'avais aussi voulu apprendre à jouer du trombone, projet voué à l'échec vu ma taille. À la place, j'avais reçu une flûte à bec à laquelle je n'ai jamais touché. À dix ans, je m'étais déclarée fan de free jazz, une musique qu'en fait, je détestais, ce que j'ai fini par comprendre, mais bien plus tard. C'est aussi à cet âge-là que j'avais bu mon premier vin rouge italien, pas seulement une gorgée, mais un verre entier. Et si j'aimais ça, c'était bien sûr pour l'amuser. Pour ressembler à ce père qu'il n'était pas et ne serait jamais.

Et le jazz, lui ai-je demandé, est-ce qu'il en écoutait encore ? Mais Ernesto a dit que le chant des moines lui suffisait, et quand je lui ai parlé de sa pop italienne, il m'a seulement regardée sans comprendre, alors j'ai su qu'on pouvait perdre tous ses souvenirs.

À côté de moi, Martha avait enlacé son père, et Yannis aussi se rapprochait de moi. C'était un de ces jours à embrasser même les chats errants. Les jambes d'Ernesto étaient agitées d'un tremblement nerveux, peut-être voulait-il partir en courant, ou peut-être n'était-ce qu'un symptôme, les suites de quelque chose de plus ancien. Yannis a encore rempli les verres, et j'ai encore bu celui de Martha qui, discrètement, s'en tenait à l'eau. Quand on a commencé à chanter à la table voisine et que le patron est venu vers nous d'un pas bancal et dansant, Ernesto s'est levé sans un mot, il s'est déshabillé, et il s'est avancé nu dans la mer.

« Le vieux cinglé, a dit le patron. Un malade, ce gars. » Et puis il a secoué la main, comme s'il chassait avec un chasse-mouches les histoires et les gars malades. Une habitude de patron, universelle et compréhensible. Ici comme ailleurs, il fallait bien les chasser pour qu'aucun client ne risque la contamination. « Je vous sers un ouzo ? » a-t-il demandé, et ce n'était pas une question. Grigori se tenait déjà derrière lui avec un plateau chargé. Ils ont bu avec nous, à notre santé et à celle de Jésus-Christ, et une fois de plus, j'ai bu le verre de Martha.

« *Christós anésti !* » ai-je lancé, grisée. À ce train-là, j'étais partie pour embrasser la religion orthodoxe dans la nuit même.

« *Stupidito* », m'a chuchoté Grigori à l'oreille comme une menace, avant de m'ébouriffer les cheveux, ce qui voulait sans doute dire qu'il m'aurait volontiers remis les idées en place. Pendant un instant, j'ai pu me croire ici chez moi, que cet endroit était ma vie parce que tout était là : un homme avec qui j'avais couché sans l'aimer, un père à qui je ne parlais pas, ma meilleure amie, la même quel que soit l'endroit, des potes qui remplissaient mon verre, et ce Kurt, que je ne connaissais que depuis peu et dont j'aurais souhaité qu'il reste, maintenant et pour les siècles des siècles, alors que je savais pertinemment de quoi il retournait. La vie dans ce qu'elle avait de plus banal, qui, de but en blanc, sans prévenir, m'apparaissait heureuse. J'avais déjà eu ce genre de moments, mais ils se faisaient rares.

« Qui est cet homme ? a soudain demandé Kurt avec un geste vers la mer.

– Ernesto, ai-je dit. Nous nous sommes rencontrés hier. Il habite en haut, au monastère. Un ermite. »

Du coin de l'œil, j'ai vu Martha me fixer. Pour la première fois, elle m'entendait mentir avec aplomb, non pas pour couvrir quelqu'un d'autre, mais pour me couvrir moi. D'habitude, je prononçais tout bas des demi-vérités, je marmonnais, je perdais pied dans les phrases les plus simples. Mais Kurt s'est contenté de hocher la tête avant d'annoncer qu'il voulait faire pareil.

« Quoi ? a demandé Martha. Entrer au monastère ?

– Non, aller me baigner. Juste un pied, juste me tremper le pied dans l'eau.

– Bien », a-t-elle dit, et elle l'a extirpé de sa chaise. Yannis s'est levé plus vite que mon état ne me le permettait et lui est venu en aide de l'autre côté.

À pas prudents, ils sont descendus vers la mer. Et là, avec la distance, j'ai vu que Kurt avait atteint la taille d'un enfant. Son corps s'était recroquevillé aux dimensions d'un gamin.

Ernesto est sorti de l'eau à leur rencontre, plus droit et plus musclé que je l'aurais cru. Je me suis demandé si je l'avais déjà vu nu, mais aucune image n'a surgi dans mon esprit, et j'ai constaté avec effroi que c'était un regret. Il a pris la place de Martha, qui s'est alors baissée pour retirer ses chaussures à Kurt. Même de dos, j'ai pu voir l'effort fourni, vu ensuite la joie de Kurt quand il s'est finalement retrouvé pieds nus dans l'eau, entre les deux hommes qui le soutenaient.

Martha, elle aussi sans chaussures, s'est postée devant son père, elle lui tenait les mains. Je les entendais rire, ils riaient tous. Un petit rire étonné, ni euphorie ni fou rire exagéré, tel qu'il y en avait encore parfois dans ma vie et dont je me disais toujours que c'était un rire appris par cœur, bien dressé. Une copie des innombrables films dans lesquels on arrachait ses vêtements et courait nu dans la mer en gloussant, pour exulter de joie de vivre et faire l'amour dans l'eau alors qu'en vrai, ce n'était pas terrible parce qu'on perdait tout le temps l'équilibre et que le froid, ça rabougrit tout.

Assise sur ma chaise, je voyais des images qui se superposaient, des souvenirs de plusieurs décennies, je me voyais tenant la main d'êtres qui n'étaient plus ou dont je ne savais plus rien, même si la majorité du temps, j'étais seule sur ces images. Tant de rivages au bord desquels je n'étais pas restée, vers lesquels je n'étais jamais retournée. Les souvenirs se gommaient les uns les autres, s'effaçaient devant ce que j'avais sous les yeux. Trois êtres en soutenant un autre qui trempait ses pieds dans la mer. À elle seule, cette image révélait d'un coup trop de facettes de moi-même que je ne parvenais pas à réunir, qui ne pouvaient coexister. Comme différentes périodes de la vie entrées en collision sur la route du romantisme. Dans une harmonie qui me déchirait. Surtout ne pas pleurer maintenant, ai-je pensé, mais il était déjà trop tard. Ces derniers temps, mes pertes de contrôle étaient plus fréquentes, j'étais de plus en plus fragile, comme si l'énergie nécessaire pour faire barrage aux larmes était épuisée. J'étais loin d'avoir compris, et encore moins d'accepter, que les années amollissaient ma défense au lieu, comme escompté, de la durcir. À vingt-cinq ans, j'avais regardé la vie de haut, à présent elle menaçait constamment de me submerger.

J'ai été soulagée de les voir se retourner, me faire signe et revenir vers notre table, le visage illuminé d'une pointe de fierté. Ernesto s'est rhabillé, et Kurt a dit qu'il ne savait même plus à quand remontait la dernière fois où il avait trempé ne serait-ce qu'un orteil dans la mer. Tout dans sa vie semblait remonter à une éternité, comme s'il avait déjà cessé de vivre des décennies auparavant, perdu dans la routine de la télé, de la bière et du supermarché. Ils étaient des millions comme lui à n'aimer rien davantage que leur tranquillité, pour qui l'inconnu, y compris le chemin qui y menait, n'était qu'une source de stress. Du reste, tout était visible sur un écran, dans cette sécurité totale – et mortelle. Son sourire s'était posé sur des lèvres si minces que j'y ai vu de la mélancolie. La mélancolie était un sentiment filiforme, une fine fêlure, et ce sourire n'a plus quitté son visage. Kurt a promené son regard autour de lui et offert à chacun son sourire.

Le patron a apporté des pâtisseries en clamant : « C'est cadeau ! Cadeau de la maison, cadeau des Grecs ! » et Kurt a ri quelques secondes d'un rire retentissant.

Les desserts dégoulinant de miel nous ont englué le gosier, on les a fait glisser avec de l'ouzo. Ernesto a reposé bruyamment son verre sur la table, avalé sa dernière gorgée et pris encore une inspiration avant de commencer à fredonner – une mélodie familière, une chanson que j'ai écoutée comme en intraveineuse, avec pour effet immédiat une augmentation générale de ma température corporelle.

Lasciatemi cantare
con la chitarra in mano
lasciatemi cantare
sono un italiano

Face à lui, Kurt balançait prudemment la tête et, un couplet plus tard, sans qu'on s'y attende – ni lui sans doute –, il entonnait à son tour ce tube de l'été vieux de plus de trente ans qui avait laissé ses accords dans la mémoire collective. Les paupières closes, il chantait doucement :

Lasciatemi cantare
con la chitarra in mano
lasciatemi cantare
una canzone piano piano

Les pères chantaient et grondaient, et ce qui amusait Martha me déchirait tellement que je me suis mise moi aussi à chanter, pour détourner mon attention, pour me souvenir plus tard d'une image dans laquelle j'apparaîtrais, pas seulement comme spectatrice. Une audition pour entrer dans ma propre mémoire, déjà classée au moment de la vivre sous le mot-clé Bonheur.

Lasciatemi cantare
perché ne sono fiero
sono un italiano
un italiano vero.

Nos voix résonnaient, étonnamment calmes et harmonieuses, et Kurt, au dernier *italiano*, s'est affaissé, la tête sur la poitrine, alors que s'élevait le fameux sifflement, d'abord régulier, mais qui deviendrait plus tard menaçant. Nous l'avons regardé dormir comme un enfant qu'il ne fallait surtout pas réveiller, qu'on envelopperait dans une couverture et porterait dans la voiture. Il avait l'air satisfait.

« Je vous ramène », a dit Yannis. Mais quand je me suis levée, Ernesto m'a retenue par la main. Ce n'était pas un geste de tendresse, mais une prise ferme, ses doigts enserrant mon poignet au point de me faire mal. C'était un ordre, pas une prière.

« On joue », a-t-il commandé en me rasseyant sur ma chaise.

Fallait-il qu'elle me sauve, a demandé Martha du regard, le même que nous échangions depuis deux décennies dans de telles situations – quand quelqu'un s'accrochait, quand des limites étaient franchies et qu'on ne savait pas s'il fallait s'en réjouir ou s'en inquiéter.

Ici, comme souvent depuis quelque temps, c'était l'un et l'autre. Je craignais ce que je souhaitais. Personne ne pouvait me venir en aide, personne ne pouvait me préserver.

Ils ont installé Kurt sur la banquette arrière. Yannis lui a bouclé sa ceinture, la tête de Kurt pendait toujours sur sa poitrine. Il dormait comme un mort. La voiture a descendu la promenade au pas, et quand elle a disparu dans le virage, Ernesto et moi nous sommes regardés.

« Qu'est-ce que tu veux ? ai-je demandé.

– Je voudrais te montrer quelque chose », a-t-il dit en se levant.

* * *

Je me tenais à lui, mais il n'y avait là aucune intimité, aucune affection, aucune confiance, plus rien que des muscles, de la chair et une vieille peau desséchée. Un jour, ce corps avait été mon soutien, à présent mes mains glissaient sur lui sans prise, il était non seulement dur, mais froid. Je tremblais dans les virages, quand il se penchait comme s'il avait oublié qu'il ne roulait pas seul.

Depuis combien de temps plus personne ne s'était assis derrière lui sur sa moto ? Nous roulions dans la nuit, et je devinais où il me conduisait, qu'il n'y avait rien de beau dans ce qu'il voulait me montrer. Pour la première fois, j'ai eu peur. Avoir peur d'un être en qui j'avais un jour placé plus de confiance qu'en n'importe quel autre me plongeait dans une insécurité profonde parce qu'elle m'englobait aussi. Ne plus lui faire confiance équivalait à ne plus pouvoir me faire confiance. Je ne savais plus qui nous étions ni qui j'avais un jour aimé. Bientôt, sa maison surgirait sur la gauche, loin de la route, cette cachette qui n'avait pas su le protéger.

Les cailloux et le sable me cinglaient les mollets, je plissais les yeux dans le vent contraire. Nous avons tangué sur les derniers mètres et, une fois le moteur à l'arrêt, le silence m'a paru impitoyable. Le terrain était devenu sous mes yeux ce champ de bataille qu'il avait certainement été pour lui. Ernesto s'est mis en marche, non pas vers la maison, mais dans la direction opposée.

« Viens », a-t-il dit, et il a pris mon sac. Sans rien dire, je l'ai suivi. Je connaissais l'endroit où il s'est immobilisé. Une petite cavité dans le sol où, deux jours plus tôt, était encore enfoui quelque chose. Ernesto s'est accroupi devant, a émietté un peu de terre entre ses doigts, fouillé dans mon sac et levé les yeux vers moi. Nous sommes restés à nous regarder, figés, et, à force, il me semblait qu'il n'y avait plus dans cette obscurité que le blanc de nos yeux.

« C'est l'arme avec laquelle Elli a été abattue », a-t-il dit.

Le lendemain, en retournant sur les lieux, il avait trouvé le pistolet. On l'avait enterré si hâtivement qu'il ne pouvait que le découvrir.

« Ce n'était pas une bourde, a-t-il dit. C'était une menace. Et une sommation. »

Pendant toutes ces années, il avait laissé l'arme dans le trou en espérant que le type reviendrait. Qu'il terminerait son contrat et le descendrait enfin.

« Tous les matins, je me suis assis dans la maison, et je l'ai attendu. Lui ou un autre. Pendant des heures, je suis resté assis derrière la porte. Dix ans que je suis assis dans cette maison à attendre que ce soit fini. Mais personne n'est jamais venu, a-t-il dit avant de lever à nouveau les yeux vers moi. Sauf maintenant. »

Devant moi, un homme s'était agenouillé, un homme à l'origine de sa propre folie. Ernesto s'est redressé.

« Non », ai-je dit, en le laissant quand même me prendre la main. Mon corps était coupé de ma volonté. J'avançais dans une direction que je ne voulais pas suivre, comme si j'avais perdu conscience et que je continuais malgré tout à marcher bien droit.

Nous sommes entrés dans la maison, il y faisait plus froid qu'au-dehors.

« Je te proposerais bien un whisky si j'en avais, a-t-il dit. Mais tu le sais, il n'y a plus rien ici. »

Ernesto s'est assis sur le sol nu, je me tenais debout dans la pièce, les bras croisés, et quand j'ai remarqué que je commençais à chanceler, j'ai attrapé une colonne du lit.

« Non », ai-je répété. Comme si toute notre histoire se resserrait dans ma gorge en une seule syllabe.

« Je suis une épave, Betty, une vieille épave lâche. Je n'y arrive pas. Toutes ces années, le pistolet était là, je l'ai eu régulièrement entre les mains. Je finirai par avoir le courage, c'est ce que je me disais, je finirai par ne plus supporter. C'est peut-être toi que j'attendais. »

Je ne parvenais plus qu'à secouer la tête.

« Pourquoi est-ce que ça arrive sinon ? Pourquoi est-ce que tu es ici, pourquoi est-ce que tu me retrouves au bout du monde ? »

Je ne connaissais pas les réponses à ces questions. Comme si jamais aucune de mes décisions n'avait été prise librement, comme si j'avais depuis toujours été dirigée, pour parvenir à ce moment. Comme si je n'avais jamais poursuivi aucune intention, ou alors exactement cette intention. Lui faire face, une arme chargée entre nous.

« Il n'y a qu'un seul policier sur l'île, a-t-il repris. Officiellement, je suis un homme mort depuis dix ans. J'ai été enterré il y a des lustres. Ça n'intéressera personne. »

Je m'étais approchée de lui, je le regardais, assis à terre devant moi, le pistolet dans la main. Un homme qui attendait de moi la rédemption.

« On croira que je l'ai fait moi-même », a-t-il dit.

Je me suis penchée vers lui, mon visage touchait le sien, un effleurement léger de la joue, comme une méprise, comme une faiblesse. Nous n'avons rien dit, il était trop tard depuis bien longtemps, j'enserrais simplement sa main, qui n'était jamais parvenue à appuyer sur la détente. La mienne était si grande, me disais-je, assez grande désormais pour tenir la sienne. Comme elle avait grandi, cette main que je ne reconnaissais pas. La main d'une étrangère qui armait le chien.

Ernesto ne fermait pas les yeux, il les écarquillait, regardait avec étonnement sa maison vide. J'ai inspiré, expiré, je ne sentais en moi aucun frémissement, rien que le froid. J'ai abaissé le bras. Je ne sombrerais pas avec lui dans la nuit des temps. Ma main ne tenait plus rien ni personne, elle avait lâché prise, elle était totalement seule.

* * *

Des bruits inconnus fusaient des arbres et des buissons, tout bruissait, un cri au loin, un souffle tout près, une ombre qui filait en travers du chemin, et j'écoutais, abasourdie, dans l'attente d'un coup de feu. Il allait me falloir des heures pour atteindre le village, où peut-être ils chantaient toujours et célébraient une résurrection. J'étais sur une route déserte, perdue sur une île.

Je voulais courir, une course contre les pensées, jusqu'à ne plus entendre que mes pas, n'être plus qu'une respiration. Le calme était impossible.

Une détonation ? Avais-je entendu un premier coup ? Un deuxième, un troisième ? Était-il en train de vider le chargeur, ou bien n'avait-il pas la force de contrôler sa main ? Avais-je seulement entendu quelque chose ? Peut-être cette nuit serait-elle celle où je perdrais les pédales. J'avançais peut-être au-devant de la folie, ai-je pensé en poursuivant mon chemin. Jusqu'à ce que des pas, soudain, résonnent derrière moi, une démarche pesante, comme de lourdes bottes, un halètement. Quelqu'un approchait, et je ne me suis pas retournée, je ne me suis pas arrêtée. Je ne montrerais pas ma peur, jamais. La peur ne faisait que tout empirer. Les pas se sont accélérés, et quand ils n'ont plus été qu'à quelques mètres de moi, j'ai tourné la tête.

Nous nous regardions, face à face. Ses yeux étaient noirs comme l'ébène, cernés d'un pelage blanc. Son museau était blanc lui aussi, comme ses dents qui miroitaient presque dans l'obscurité. J'ai entendu un cri qui m'a semblé venir de la mer, et qui n'était pourtant que le mien. Devant moi, l'âne est resté parfaitement tranquille, il m'a fixée longuement, puis il a repris sa route tandis que je le suivais, tremblante, de loin. Quand il s'arrêtait, je m'arrêtais moi aussi. Quand il avançait, j'avançais à sa suite. C'était un jeu, et moi qui n'avais plus joué depuis des lustres, je ne voyais pas qui était censé gagner ni comment. Lorsqu'une nouvelle fois je me suis avancée vers lui et qu'il n'a pas bougé, j'ai compris que cet âne m'attendait, que telle serait sa victoire : que je vienne à lui et accepte sa proposition. Si je lui faisais confiance, il gagnerait.

Quand nous sommes parvenus côte à côte, il a grogné, et je l'aurais presque imité, mais au lieu de ça, j'ai effleuré son encolure, son vieux pelage sec. Il balançait sans cesse la tête vers l'arrière, jusqu'à ce que je monte à califourchon et qu'il m'emmène à travers l'île, avec la fierté du triomphe.

* * *

Yannis était assis sur la terrasse, il regardait la nuit disparaître. Il m'attendait depuis des heures, c'est ce qu'il a dit. Qu'il s'était fait du souci. Pour nous tous, d'ailleurs. Deux femmes, deux vieux bonshommes, ça ne disait rien qui vaille.

« Je vous aime bien, mais vous êtes tous cinglés. Et cet Ernesto, c'est le pire. Il n'est pas juste cinglé, il est très triste. Et ça, ça rend les gens imprévisibles. Tristesse plus folie, là, il vaut mieux passer son chemin. Des hommes comme lui n'apportent rien que le malheur, c'est du poison.

– Ne t'inquiète pas », ai-je dit. Une phrase qui n'avait jamais réussi à rassurer personne, en tout cas quand c'était moi qui la prononçais.

« Comment est-ce que tu es rentrée ? a-t-il demandé.

– Ernesto m'a raccompagnée.

– Et moi qui croyais avoir vu un âne. »

Au-dessus de l'eau, l'obscurité s'effilochait lentement, et je n'avais pas le moindre espoir que ce qui s'était passé prenne la forme d'un rêve.

« Tu as la tête de quelqu'un qui préférerait être seul », a dit Yannis, et il a attendu en vain une protestation, puis il a disparu.

Brièvement, je me suis demandé si c'était le tourisme qui l'avait rendu si sensible ou s'il avait eu une enfance difficile. Et puis j'ai regardé à nouveau vers la baie, cette vue qui m'était tout d'abord apparue comme une révélation. Au début, quand je n'imaginais pas encore qu'une révélation puisse me voler mes souvenirs. Je voulais cracher sur la beauté qui se donnait des airs si innocents. Je voulais cracher sur moi-même qui avais cru trop longtemps qu'il était possible de se libérer de sa propre histoire. Quelque chose en moi souffrait, car quelque chose s'était terminé ; et quelque chose était né, quelque chose allait commencer. J'ai regardé mes mains, que j'avais sauvées in extremis de la culpabilité, elles étaient calmes. Quand je les ai levées, comme pour un dernier salut, j'ai entendu une porte s'ouvrir derrière moi. Martha est sortie de ma chambre, l'air fatiguée. « Désolée, a-t-elle dit, j'ai dormi dans ton lit. C'était insupportable, ce sifflement. »

On s'est regardées, encore et encore, toutes les deux on avait entendu, entendu qu'on n'entendait rien. Il n'y avait pas de sifflement. Il n'y avait rien d'autre que le silence. Le genre de silence qui précède une éclipse de Soleil, quand les animaux se taisent, quand même le vent cesse, quand tout se calme avant que la terre s'obscurcisse.

Un cri muet a traversé le corps de Martha. Elle a ouvert la porte de la chambre de Kurt, s'est précipitée à l'intérieur, et son cri est soudain devenu sonore. Il n'était pas strident, pas même puissant, il venait de telles profondeurs qu'on aurait dit qu'elle se brisait.

Je voulais courir la rejoindre, mais mon corps était trop lourd à porter. Lentement, je me suis extirpée du fauteuil, j'ai mis un pied devant l'autre, jusqu'à la chambre dont les murs avaient l'air de trembler. Martha était debout près du lit où Kurt gisait, comme pour une veillée funèbre.

« Appelle un médecin ! » a-t-elle crié avant que ses jambes ne se dérobent sous elle.

La bouche de Kurt était entrouverte, ses bras étendus sur la couverture. Il avait l'air paisible.

« Il sourit, a dit Martha. Non ?

– Si. »

Ce qu'elle ne voyait pas, pas encore, c'était la bouteille d'ouzo vide sous le lit et les tubes de comprimés sur la table de nuit.

J'ai baissé les yeux sur Kurt, et je n'ai rien senti. Mes sensations, en jachère, se manifestaient souvent à retardement. J'en avais toujours eu honte, mais jamais autant qu'à cet instant. Je voyais Martha, accroupie devant le lit, saisir la main de Kurt qui devait être encore chaude. Je me voyais, moi, debout derrière elle, lui caresser les épaules, comme pour ne pas la lâcher, et en même temps j'aurais voulu l'arracher à cet endroit, pour un monde où rien de tout cela n'arrivait.

Dans la pièce flottait l'odeur étrange, indescriptible et évidente d'une vie qui s'éteint. Aucune autre odeur n'était à même de dégager un tel calme, presque assourdissant. J'ai senti sous mes mains la respiration de Martha s'apaiser, elle a posé la tête sur le rebord du lit, je lui ai caressé les cheveux. Il n'y avait plus de temps, seulement cet instant qui retenait son souffle.

J'étais là, immobile, quand mon regard s'est arrêté sur une feuille posée sur la table. J'ai gardé la main de Martha serrée dans la mienne, je le ferais tout le reste du temps que nous aurions ensemble, et j'ai dit : « Martha, il y a une lettre. »

Martha, ma chérie,
je ne suis fier que d'une chose dans ma vie, fier de toi.

Je m'en vais avant que ça fasse mal. Toi non plus, s'il te plaît, ne souffre pas.

Tu sais bien, je garde un œil sur toi.

Il faut que j'y aille.

Je te serre dans mes bras pour toujours,
Ton papa

P.-S. Merci pour ces belles journées. La prochaine fois, on s'y mettra plus tôt.

P.-S. 2 : Tu es de plus en plus forte. Tu arriveras à tout.

P.-S. 3 : Je t'aime.

P.-S. 4 : Le numéro de ma police d'assurance : 612/654354-G.

P.-S. 5 : Appelle ton fils Kurt, d'accord ? Il se débrouillera mieux que moi.

P.-S. 6 : Passe mon bonjour à Betty. Et qu'elle ne se marie jamais. Elle est trop bien pour un seul homme.

P.-S. 7 : Le prochain ouzo, buvez-le à ma santé, et les autres aussi.

Salut, ma petite fille que j'aime. Salut !

TABLE

Les Éditions Points s'engagent pour la protection de l'environnement et une production française responsable

Ce livre a été imprimé en France, sur un papier certifié issu de forêts gérées durablement, chez un imprimeur labellisé Imprim'Vert, marque créée en partenariat avec l'Agence de l'Eau, l'ADEME (Agence de l'Environnement et de la Maîtrise de l'Énergie) et l'UNIC (Union Nationale de l'Imprimerie et de la Communication).

La marque Imprim'Vert apporte trois garanties essentielles :

- La suppression totale de l'utilisation de produits toxiques
- La sécurisation des stockages de produits et de déchets dangereux
- La collecte et le traitement de produits dangereux

RÉALISATION : IGS-CP À L'ISLE-D'ESPAGNAC
IMPRESSION : CPI FRANCE
DÉPÔT LÉGAL : OCTOBRE 2022. N° 150713 (3049187)
IMPRIMÉ EN FRANCE